# 給年輕的你

## ——三張必要的人生卡

游乾桂 著
Yumi You 圖

# 目錄

## 第二章 用價值貼飾的幸福卡

第三章

## 彩繪夢田的美德卡

自序

# 態度才是一切

紫藤盧是我忙裡偷閒的祕密基地，車水馬龍的屋外是現代，進了那道窄門彷彿穿越時空，到了過去，再轉身便添了出塵風華。

這一天，我與企業家友人隱身於此聊天論是非。

他的經理小黃我也認識，在友人眼中是個不算精明的大孩子，能力不出色，他卻眼光獨到錄用。

「你給我機會，我會讓你信任，我只要半年試用，你可以決定留我或者去職？」小黃的宣言讓他心動，他心想最多半年吧，就賭一把！

小黃到現在已做了二十多年，算資深的員工了。

態度是關鍵！

他有幾項特質是迷人的，例如謙虛：「不太懂，你能教教我嗎？」

就這樣他變身擁有吸星大法的俠客，把別人的武藝全數吸走了，成了人生魔法。

「虛可納有」這句老子名言，在他身上展現不一樣的風景。謙卑並非無能，反而把雜物騰空再裝載滿滿，作家威廉·特姆坡說出「謙虛」的畫龍點睛之妙。

「給我一點時間！」

每次遇上無法立刻解決的事，他不會立刻回絕，或說不懂，而是要求主管給他兩三天時間再思考，這種應對很合企業口味。

他的人際關係很好，因而吸納了工作裡的能量，添得助力，沒有阻力，他替自己加分，這也是後來老闆提拔他當經理的理由。

企業家告訴我：「成績單在踏出校門的那一刻就一無是處了，接手的叫做態度！」但這件事似乎很多為人父母的是從未看見的，以為讀了明星學校便是明星了，最終會發現，那真的只是一間學校而已。

林語堂便明確說過：「人生靠的是自己，不是學校。」

態度的養成宜早，它有「關鍵期」，錯過了可能不會重來，這樣的人即使有智力、學歷或者能力，但或許會少了熱情、堅持、奮戰不懈等等更重要的處世原則，便很難做到曾國藩在家書裡所言及的：「堅其志，苦其心，勞其力，事無大小，必有所成。」

態度的構成應該有其原始元素，就像化學一樣，長大之後會如同氧與氫的混合，成為同理心、慈悲、關懷、善念、助人等等不同來處的特質，成了受人歡迎的必要。

信任感不是與生俱來的，它是一種烘焙，一份人生厚禮。

三張卡是人生之鑰！

第一張：「愛心卡」。

俄國作家列夫．托爾斯泰說：「如果忘卻自己而愛別人，將會獲得安靜、幸福和高尚。」

愛的魅力在他眼中顯得具備無比的光芒。

宜蘭的颱風是出了名的，左彎右拐總在蘭陽附近徘徊，即使沒有登陸，風狂雨劇也是免不了的，我家是村子裡第一家擁有水泥屋的房子，最防得住風了，雨勢稍強一些，父親便要求把溪邊的嬸婆，隔壁的阿灶叔，住在草屋的阿狗伯接來，大家在一起圖個放心，那幾天下來也得花上一筆伙食費，全是父親買單。

我家有如水梨一樣好吃的竹筍，他常施捨給更窮的人家，有福同享；別人家的老婆跑了，他出錢出力千里迢迢把人從台南帶回來，車票伙食費自理，還說很值得，這些事父親從未說過緣由，但卻埋下一粒美好種籽，在時間催化下，我慢慢理解一、二了：有愛勝過有學問；利人與利己大不同；花了一段時光閱讀聖賢書，求取知識，成為堪用之人，懂得分享比擁有一切重要多了，那才是值得的事。

愛，我覺得是一套做人的依據，第一名的成績優異未必比懂得彎腰撿一張紙屑的人受人敬重，登山時習慣把山林裡瓶罐一起帶下山的人勝過年薪兩百萬的高收入者……這些是小愛，但加起來是大慈悲。

有了愛，知識可以用來助人，少了它，優秀反而成了傷害者，不是利益眾生，為人著想者，最多是獨善其身，更多則是為惡道具。

金錢這件事心理學家阿德勒早有妙解：「重要的不是得到什麼，而是如何使用得到的東西。」

第二張叫做「幸福卡」。

幸福是？

果戈理這句話我喜歡：「如果有一天，我能夠對我們的公共利益有所貢獻，我就會認為自己是世界上最幸福的人了。」

父親當了二十多年村長，給人最多的可能是幸福，被颱風吹斷的橋，他會想方設法把它復原；米缸空空如也的老夫妻，有他就會變滿，不是有錢人卻可捐錢第一；一包香菸大約只有四根的毛利，沒錢買菸的人在我家便有菸可抽，這是一個升斗小民的幸福學。

父親未進學校，孔孟之學不擅長，但用身教傳達理念，我因而明白，有錢未必是最幸福的事，被肯定與尊重，覺得缺你不可才是幸福的事。

第三張是「美德卡」。

培根說：「美德是真實的香料。」

美德者未必具備有過人的智慧，但都像香料一般馨香，有著高尚的人格者，利人多過利己。

這三張宛如人生錦囊寶盒的卡片，有如禮物我很想送人，現在放在禮盒之中等人來取，人生這件事，讀書考試永遠只是一小部分，它是修行的引信而已，做人處事才是永遠的。

帶上它，隨著時間的流動，歲月的洗禮，年紀的增長，會慢慢化約成一生受用的厚禮，那是人生裡最重要的護身符。

游乾桂

寫於閒閒居

第一章

# 助人利己的愛心卡

洛克菲勒在給兒子小約翰的書信集中提到「分享財富」與「擁有財富」之間的區別，前者讓人載運快樂送給別人，有如聖誕老公公；後者積累擁抱只有自己快樂，施與得之間有了巧妙的差異，但真正的關鍵是愛。

在洛克菲勒的信中一再透露一事，「愛」比起賺到億萬財富更值得一提。人生是單行道，錢只是借用，重點不是奪取多少，而是留下什麼。留下萬貫家產只會害了小孩，留下愛則會造福社會。

巴菲特也是這樣的信念，他認為工作得到很多錢是對能力的肯定而已，表示自己還不錯，但更有意義的是，把錢花在哪裡？所以他二話不說把一大筆錢捐入比爾蓋茲的基金會，共同對抗人類截至目前為止仍克服不了的疾病。

愛，不是憑空得來的，需要學習、練習，並且找著人生的參照效標。

第一道冷鋒來襲，預告遲到的秋天來了！

台北涼颼颼，濕漉漉的，哪裡也去不得，我隨機扭開電視裡的「發現頻道」，播放動物裡不可思議的母愛。

一頭母獅子在草原上加足馬力，風馳電掣狂奔，瘋狂追逐一隻小馴鹿，幾番奔波，轉彎、急煞、翻滾，母獅終於擄獲了獵物，我本以為會一口咬下，血跡斑斑，未料母獅反而用牠的利掌撫弄小馴鹿，展露出十足的母愛。

虎視眈眈的公獅，守在一旁冷眼觀看獵捕的一幕，以為到手的獵物可以分一杯羹，預備搶食，母獅的母性彷彿被召喚出來一般，舞動利爪，做戰鬥狀，保護小馴鹿，這一幕有意思極了，原來母愛無國界！

它讓我想起朋友寄到信箱裡，躺了好久才閱讀的關於「三條魚」的故事。

「大馬哈魚」身體長而側扁，吻端突出，形似鳥喙，大口內長有尖銳的齒，屬於生性凶猛的食肉魚類。

牠生在河裡，長在海中，主要棲息在北半球的大洋中，以鄂霍次克海、白令海等海域最多。

海中生活四年，每年八、九月間是成熟期，成群結隊地從外海游向近海，進入江河，跋涉幾千里，溯河而上，回到出生地——黑龍江。

母的馬哈魚產完卵後開始守候，孵化出來的小魚無法覓食，則以母魚的肉為食長大。

母馬哈魚忍著劇痛，任憑小魚撕咬，最後只剩下一堆骸骨，無聲地詮釋著這個世界上最偉大的母愛。

大馬哈魚因而又被稱做「母愛魚」。

小時候家鄉有一座湖，在山的另一頭，盛產鱧魚，我們私下幫它取名為「鱧魚潭」，幾個同齡頑童假期會相約翻山越嶺到湖邊垂釣，肉食性的牠，索餌極強，運氣好的話可以釣上幾條，賣給人家，大約一個學期的學費便有著落了。

大人傳言牠是滋補聖品，自有一套燉煮補身的方程式，我們只管去抓來賣得錢就是了。

爸媽明令我們不准臨溪垂釣，但釣上這些「有價」魚類則另當別論，喜形於色，擔心變成開心。

牠讓我想起山東微山湖出產的烏鱧，據說此魚產子後便雙目失明，無法覓食而只能忍飢挨餓，孵化出來的千百條小魚天生靈性，不忍母親餓死，便一條一條地主動游到母魚的嘴裡供養充飢。

母魚因而活過來了，子女的存活量則不到總數的十分之一，大多為母親獻出自己年幼的生命。

烏鱧因而被稱做「孝子魚」。

鮭魚每年產卵季節，千方百計地從海洋洄游的歷程，可以用悲壯形容。

回家的路上有大瀑布橫亙，成群的灰熊早在那裡靜靜守候，躍不過大瀑布的魚多半進入了灰熊的肚中。

筋疲力盡到達目的地，還有其他動物等著獵食。

倖存的鮭魚，耗盡所有的能量和儲備的脂肪，完成生命大事，安詳死去。

隔年的春天，新的鮭魚破卵而出，沿河而下，開始下一趟艱難的生命之旅。

我們都當過類似被呵護的「小魚」，一路成長，及至自己老了，父母更加老邁，方知這個角色並不輕鬆，得費盡心千辛萬苦才能把子女拉拔養大。

人不如魚，長得慢，所以連「感恩」也來得比較慢！

現在了解了，我的雙親喜歡吃魚頭，其實是想把最好的留給子女，我傳承這套作法，留給子女的飯菜，都是最好的，某種程度是天性，也是學習。

愛這件事，無時無刻不在用各式各樣不同的形式傳達，你收到了嗎？

愛是魔法！

收到愛的人才會懂得父母會老，可能會有失智症，病痛纏身，體力不如往昔，需要我們扶持一把，那就不會老用忙碌當藉口了。

收到愛的人會知道人生充滿不公平，工作得到了錢對某些才華洋溢者來說非常簡單，但有大部分的人可能得兢兢業業方可得之，還有一部分的人即使努力也未必能得其一二，有能力者幫助無力的人，成為助人者，才是人間的善轉輪。

人飢己飢之理是有愛心的人才懂的義理，英國一天浪費的食物可以讓非洲的窮困人家吃上一個月或者更久；七十億人口之中約有十億人以上可能是連一頓難得的窮人，捐出一頓所得不是難事。

具有愛心的人，不會為了強奪豪取理應公平分配的白花花銀子，忘了更重要的仁義道德，居住有正義，食物很安全，看病者是華佗，老師有大愛，科學推動的是文明與進步，而非毀滅。

如果有愛，離羅曼羅蘭的想望就不遠了：「愛是生命的火焰，沒有它，一切變成黑夜。」

## •當財富的分享者

如果你懂得使用，金錢是一個好奴僕，如果你不懂得使用，它就變成你的主人。

這是馬克．吐溫的名言，他的思考高度是人生哲學的，超過威克林的金錢至上論：「人生是海，金錢是船夫。如無船夫，度世維艱。」

一個人一輩子，百年爾爾，真正需要的不多，很多都是想要，通俗的話叫做物慾，終生演「夸父」一角，死命追追追，人生因而苦不堪言。

神仙告訴求財者，天黑之前跑到的地方折返回原點，畫個圈全給他，這人開心極了，即使早已上氣不接下氣了還想多跑一段路，多得一畝地，最後回到了原點，嚥下最後一口氣，走了。

收屍者看了看：「才五尺長要那麼大塊地幹嘛！」

這則寓言的確諷刺，人生不過一口飯而已，我們卻一味的追求，忘了飽了便是活著的道理，以至於得了金錢，但缺少人生妙義，試想沒有時間又該如何花錢？

有些人甚至一併流失健康，哪有能耐花錢？

更慘的是，可能因而缺了命，財產變做遺產，銀子成了冥紙，根本沒有用。

這些年我確實遇過很多這類的傷感。大約四十歲之後，參加的婚禮變少，喪禮增加，多數是年輕人，至多長我幾歲，往生的理由多半是拚了命累死的。他們如同上帝一樣變出一個超大石頭，卻又搬不動它，在矛盾人生中游移，直到體力超出負荷，以至呼吸戛然而止。

為何要買大房子？

為何一定非市區不可？

貸款上看一、二千萬，如何償還？以致忙到連呼吸都成了一種奢侈品。為了一棟屋，必須用三個工作來養，星星、月亮、太陽，從未見過，更遑論原本該有的美好與悠閒了，一直輪轉，像一部好用的機器。

可以什麼都缺，但不可以缺休息，「老不休」不是好的人生態度，缺錢不會死，但缺了呼吸便一定死了。

提早論及這些事希望並未太早，因為晚了點我怕紛紛掉進托爾斯泰的預言之中：「沒有錢是悲哀的事，但是金錢過剩則更加悲哀了。」

忙出病來最後語重心長告訴他人：「有錢快花」，是很諷刺的事，錢並非不重要，但不必為了它付出一生，更重要的是它的責任是用，不是藏私！

一個圓，畫上一條線便可以分出：

該要與不該要，

需要與不需要，

必要或不必要，

重要還是不重要了。

人生如公車站牌，站站本不同：

二十歲記憶力極佳，多讀一點書是好事，強聞博記是年輕人的特色之一；三十歲，工作了一陣子，累了、倦了，休息一下子是可行的，工作之外必須偷閒；四十歲的人多半工作一陣子了，除了錢之外該有生活，山水風情是工作之後的夥伴，別再忙到喘不過氣來，那就很不值得了；五十歲該成為優雅的人，把自己挪前一個順位，自己至上；六十歲是精緻之人；七十歲可以隨孔子之言生活，從心所欲。

我的工作與生活就是這樣畫出一條楚河漢界，簽定互不侵犯條約，即使偶有犯錯，依舊忙碌，但很快就又回到平衡點。每周的演講明定只能二到三場，與我一樣四處演講的超級講師卻是週週七到十場，我的接案量遠遠落後，但他們忙到沒空用餐，反觀我則爬山、溯溪、打球、浮潛、泡野溪溫泉樣樣都來。

如果忙得不可開交，我可以多賺三倍的財富，但卻可能損失更多，健康、快樂、時間流散，一定少了自在。

「價值」與「價格」是分野，一塊錢等於一塊錢是價格，但一塊錢等於一萬元

應該是價值，我們省下一頓五十元的飯錢，但足以幫忙一些人得到溫飽，這便是錢的妙用，價值所在了。

多少不是問題，重點在有心，樂於助人少亦多。

美國預防專家史蒂芬．波斯特研究發現，每年當志工一百小時（約莫每周只需二小時），花一點小錢助人者，可得到許多意想不到的保健受益，包括：減輕憂鬱、幫助睡眠和增強免疫力等等。

更重要的是，這些人明顯比未參與助人愛心活動者來得快樂。

我深解其意，天濛濛亮，我就出門坐上普悠瑪號列車，晨曦緩緩爬升，黑漸化成為初亮，如此風塵僕僕到後山花蓮開講，實質上，並非價格，疲憊不堪的行旅是價值。

我不僅使用，還是錢的分配者，懂得乾坤大挪移，把某人要扔棄的童書繪本，花一點小錢載運到需要的城鎮學校，快意撲鼻香。

作家賀拉斯相信，金錢「不是做奴隸就是做主人」，二者必一，別無其他，我選主人一詞，因為這些錢只是「人生借用」，生不帶來死不帶走，把它當成「愛」的輸送帶，我猜是最有意義的事了。

## 魔法種籽：金錢五義

金錢其實藏了五種意思：

- 能用的是錢。
- 不能用的是紙。
- 存在銀行的是數字。
- 燒來用的是冥紙。
- 子女爭奪撕破臉的是戰爭。

只有第一個用途是美好的，但得擁有「當用則用，當省則省」兩位護法，方可讓錢發揮最大的效益。

錢是錢，錢會是一座浪漫富有哲思的橋樑，通往優勝美地，它是一種交換，不止換成房子名車，還有更美好的健康、幸福、快樂，與人類的福祉。

比爾蓋茲成立「替代能源聯盟」便有這種味道，用錢研發低碳、無污染的能源，用以永續地球，這才是錢的大願！

瑞典有句俗諺說：

我們常老得太快，但聰明太遲！

金錢的理解，也常如是，本該早知道，可惜多數人真的都老得太快，開悟太晚，一生虛度，提早與人分享是好事，這樣便有可能開悟得早一點，有一天，賺了錢，懂得捨，方可成為利益眾生的活菩薩。

## • 轉角遇見愛

尼爾說：「美德猶如鮮麗的寶石，鑲嵌淡雅，更顯得風姿綽約。」

我可以理解八九分了，看似微小的善心，可能就是火花，點燃了火苗，等待有一天火光四射。

我現在做的一些事，就是如此。從未預期有何結果，卻埋下的一粒美好種籽，萌出了芽，真的如同聖火一樣傳遞出去。

「送書到偏鄉」的靈感本是奇想，竟一發不可收拾，陸陸續續寄出三百多箱的童書繪本，計畫仍在進行中，我所獲得的最大回饋大約是，一段日子之後，信箱裡有孩子們從四面八方寄來的手作謝卡!!!

這些書多半不是我的，也不是花錢買的，而是孩子長大繪本無處可去的夥伴朋友給了我一個行善的機緣。我將它們整理，拂拭，再造，寄出，成了很多孩子的開心之物。事後孩子們要求見我，部落校長捎來訊息，來電盛情邀約，促成一趟趟奇妙「愛心書」旅行日記，出發去部落！

天光微亮，起身出門，車子經由北宜高、雪隧、經過縣道抵達我的老家員山，南山國小的詹校長同時從山的另一頭出發，下山到我們的約定處接我，再風塵僕僕坐上他的四輪傳動去南山部落會會孩子。

三十多年前在此打工的山，依舊印記清晰，從小六開始，暑假相約上山打工，直至大學畢業，十二、三年的山中浪行，我的「打工日記」裡標記著：四季、南山、思遠、武陵、環山、松茂、梨山等等地名，鮮活如昨。

搭上第一班公車出發，彎過綠林，霧氣氤氳的山路，眼前的菜園一望無際，房舍的煙囪炊煙裊裊宛如桃花源，這些陳年往事後來全蛻變成了我的寫作泉源，人生最重要的經驗。

前世今生若是真的，上一個世代我也許是原住民，否則怎會一腳踏上了部落，便彷彿回到家園!!

春天的山巒有如變色龍，色調層次分明，嫩黃，翡翠綠，墨綠，隨著蛇狀的大彎道爬升，出現不同樣貌的地景，不知繞過幾個彎，眼眸探望，南山如火柴盒般的房舍已現眼前，密密麻麻盤在一起，菜圃連畦，遙遙無際，美景如詩。

那一天，我與學生在簡易的教室席地而坐，暢談書裡乾坤，那是一粒種籽，更替輪流的傳輸美德善行。

在我最怕的黑裡趕路回家了，雨大路茫，視線難辨，暗黑的八點多才返抵台北，極累，但值得，眼皮重得不得了，但帶著笑，沉沉睡了過去。

《給未來思想家的二十一封信》（九歌出版）是我替年輕人創作的書，載錄了人生義理與態度烘焙的想法，讀者閱畢感動，捎來兩萬元要我寄贈偏鄉小學當做班書，長達一個月的善念行動，善書寄到手抽筋，即使身心俱疲，透支額度，但心滿意足。

感恩卡是有「溫度」的回禮，歐洲的研究顯示，小時候受人恩的人，長大才會懂得施恩於人，收與送是一項美好的串連，讓「施與得」結成美麗的連線！

台中惠中寺的名人講座為期一個月，我是其中一場的講者，來了千名讀者聽眾，把如來講堂擠得滿滿的，開講之前我去信要求，可否把書一併帶去義賣，住持一口答應，會後把偌大的廳堂擠得水洩不通，要求簽名者眾，一路迴旋上三樓，一共售出五百多本簽名書，脖酸頸痲手抽筋，完成不可能的任務。

利潤二萬六千元，我加四千元，合計三萬元功德金，捐贈佛寺，成就金錢轉輪，是的，錢不是萬能，但善用之也是很好用的。

北大之所以是北大，給我最大的印記，除了蔡元培之外，最迷人的正是由企業家捐贈成立，負有傳道內裡的「北大講堂」，這些並非大錢，但藏有人文大夢！

巴菲特、羅傑斯、比爾蓋茲等家財萬貫的大富翁，最迷人的風景不是金錢，而是捨得用它們來做益於社會的事，捐一筆錢做有意義的事，並想身後裸捐，身富心富，金錢變更有大用了。

米爾（John Stuart Mill）半調侃的說：「每個人都寧願做不滿足的蘇格拉底，也不願當快樂的豬。」

快樂的豬？
有意思，值得好好想想。

# 魔法種籽：善的輪迴

「百衲被」的故事，來自三百年前移民。到北美洲的婦女為了克服拓荒時的貧困，借助於英國的拼布藝術，將老舊衣服或破布頭縫製成禦寒寢具，形成了早期的百衲被。

百衲被用以禦寒的故事在拓荒時期結束後便發生了變化，轉折成了傳遞情感的作用。

百衲被與「助人」一樣，載運著美好良善的情感，一直傳遞，這是財富最美的意義。我喜歡這個說法：「錢不過是這一世代用品」，它是帶不走的，有錢者的最好化妝品應該是行善，否則錢會更似一堆用不著的廢物。

在錢的流轉之中，有人付出，有人受益，連結線是感恩。

「感激使我們將他人的優點，變成自己的財富」，這是伏爾泰的名言，說得到位，我非常喜歡。

有了感恩，便會把這件事牢牢記住，有一天，當自己有了能力之後，就可能成為下一位傳遞者，受益者成了助人者，一再轉迴傳遞出去；下一位受益者又成了助人者，周而復始，成就了善的美好循環。

## • 分享財富

「布施」這個觀念值得聊一聊！

我把它當成一粒種籽，即早種下便有機會等待熟成，如果不講，有一天功成名就，發財成了有錢人，恐怕只會淪為富不仁的掠奪者，自己辛苦，別人痛苦，兩敗俱傷；分配不正義，將是社會亂源。

《大般若經》卷五七九中說：「一切修行當中，應先行布施。」

布施在佛家中應當「助眾生」的作法，它是修行的第一步，菩薩行的第一綱目，慈心與悲心的表現，踏出這一步就更接近解脫苦惱的第一階。

《大智度論》把布施形容成：「善法的根本，富貴安穩的福田。布施破貧窮、斷三惡道。」

布施可分三種：

將佛法傳播及幫助眾生瞭解人生道理，使人走上覺悟之道的覺者，行的是「法施」。

幫助眾生解除其內心恐懼、排除憂慮、鼓勵、探望、安慰病苦、助其脫險及遠離畏懼等等的作為是「無畏施」。

用自己的財物幫助眾生，包括捐助慈善福利機構、各方道場，進一步以金錢、衣物、飲食、臥具、醫藥及生活必需品等，施與有需要的生眾，使他們得益，解脫生活上的問題及痛苦，就是「財施」。

「貪嗔痴」無明遮障本智的芸芸眾生，要斷下取捨因果，了知諸法實相，其實有其難處，但若明白人生實相，從小種下不要處處在意，物物牽掛的觀念，也許是良方。

一輩子真的不長，百年爾爾吧，而且有去無回，活好當下才是要件，八十算高壽，九十長壽，一百人瑞，一百二十則是神仙了，這樣看來，需要的財富鐵定不會太多，多半的可能只是想要，慾望橫流便害慘了自己了。

一年賺一百萬，工作三十年，大約可以賺上三千萬，人生的慾求頂多在三千萬之內游走，能力之外就是慾望了，對嗎？

若能想通這一重點，人生必定加分，金錢最真實的內裡不是錢，而是「交換」，如古時候的市集，養雞與養鴨的人交換，種菜的與種米的交換，少了錢從中作梗的市集，反而更溫馨；但貝殼成了代幣之後，本質便跟著改變了，勤勞的人反而不工作了，而是去找貝殼，第一批鑄造的錢出爐，一併帶來填不滿的貪婪，人生變成只有結果與終點，沒有過程，停不下來汲取優雅，賣力工作為錢服務，人便悄聲轉折成了一部管用的機器。

有人統計，一千萬與一億無異，能做的事相同，重點在於誰把它用得更有意義。

布施最難處可能在於，把口袋裡的錢撈了出來，贈給素昧平生的人。

我因而想起巴菲特的說法：「送給孩子愈多財富，無疑像是送了一把利刃，坑害的程度愈大，錢多了一併損及的是智慧。」比爾蓋茲也相信，錢可載舟，也能覆舟，重點在於有無透徹解析金錢的真正內在。

第一位擁有一億美金的大富翁洛克菲勒教他兒子小約翰最重要的一件事是「分享財富」，錢是他給的，擁有財富不是難事，但只有一個人快樂，分享則可能讓更多人快樂，如果這是能力所及的事，何樂而不為？

我不確定美國有位華裔企業家是否看過《洛克菲勒書信集》裡的這篇文章，但他確實把公司的百分之九十的盈餘分享給員工，換來更好的工作效率，更大的開心，更多的熱忱，成了公司的一大助力。

聰愚優劣多半生下來的瞬間便決定了，有人未必努力就能相對得到更多，但有人非常努力卻得的不多，這些不公平，需要公平的對待，聰明者從上帝處得到智慧，得天獨厚者，感恩的方式即是在能力之內，助人為樂，這樣思考才是公平的，否則財富集中在一個身上又不懂得施捨，百分之九十九的人替百分之一的人服務，從歷史來看，這便是革命的來源，這樣也沒命，那樣也沒命，很容易豁出去了。

「難捨得捨，來得去得。」

得失之間，本來就是大學問，難解得解，我來說說看想法，捐錢乍看是失，但何以能得？並非全然得錢，那樣就太像大公司的基金會了，捐錢只是為了避稅，一點誠意都沒有。

這些年來，經由歲月淘洗，讓我明白快樂比錢值錢；「布施」接近這樣的內裡，靈光閃過的一個美好決定！

厄爾士相信：「金錢是一個好僕人，但卻是壞主人。」

布施突破了這樣的魔咒。

# 魔法種籽：捨是得

有一回，演講結束後的售書時間，母子三人努力挑選我帶去的作品，我隱約聽見媽媽告訴孩子身上只有一千元，想買的書早超過預算，不知怎麼決定？

那一本，這一本，遲疑難決，兩個兒子加入戰局，各自再挑了兩本書：《一張紙的奇幻旅程》與《爺爺的神祕閣樓》，費用破表，媽媽出言阻止，但僵局難解，他們從人潮不斷選到只剩母子仨，曲終人快散前，我下決定：統統帶走只計一千元，原本繃著臉的兩兄弟因而綻放蓮花燦笑，甜美讓人難忘。

開心原來如此簡單，何樂不為？

布施一點錢，得到十倍價的歡喜，真是值得。

我喜歡喝茶，尤愛烏龍，而今則是包種，喜歡它的香氣從茶水中幽幽流溢而出，撲鼻而入的味覺。

茶不止是茶！

一片平凡無奇的葉子，經過摘下、萎凋、攪拌、浪菁、揉捻、烘乾等手續，製成了飄香的茶葉，它是藝術，也是哲學。

財富的道理與之相同，捨比得有福。

## • 愛可以是習慣

公路上一輛滿載的貨車急駛過彎，角度過大，貨物飛散出去，一位路過的年輕人，靠邊停車，搬運堆疊。

小鎮的道路狀況原本不佳，顛簸彈跳掉落貨品是常有的事，最終都被村民哄搶走了，成了自家的用品，年輕人撿拾囤積的動作並不足為奇了，一大批貨若是銷售得款，足足是三兩個月工錢了。

年輕人並未貪心，反而守在路旁，一直到暮黑才等到魂不守舍的貨車司機物歸原主，他大吃一驚，感激淚流，如果這些貨物找不回來，他可能得賠上一年工資。

電視台得知消息訪問了年輕人：「我擔心他付不起損失，所以留下來等待，只因將心比心，辛苦賺錢的人，才會明白得來不易與失之焦慮的苦！」

這段話令人動容！

善念慈心的人我遇過幾位，後來都成為某一個行業，某個單位，或者部門的佼佼者，研究證實，和善慈悲特質散發出來的態度最受歡迎。

學歷上登錄無的父親，孔孟之道未必影響過他，說不上人飢己飢這類文謅謅的語言，但善行的身教如同這個格言播種下來；平時吝嗇鬼的他，給我的零用金給非常少，壓歲錢過了初五便得自動上繳，錢囊向來不太豐厚的他，助人一事上卻往往出手闊綽，半點不猶豫。

颱風橫掃蘭陽，村子裡的低窪處樹倒水淹，災情慘重，父親毫不遲疑的捐出一筆錢，並且四處化緣，托缽的經費幫助受災戶，雜貨店成了提貨站，「欠一下」是通行證，「沒錢」是銷帳的方式，米、油、鹽、糖、醬油任人帶走，有沒有如期償還，父親好像不是很在意。

刺仔崙果園小山坡栽種的橘子、金棗，本是家中最依靠的經濟作物，也常被他用來偷偷助人，離家不遠處的兩位沒有子嗣的老夫妻，就是他長期暗助的對象；缺肉時送雞，沒菜時送菜，水果熟成的季節，他們少不了能得上一大箱。

這些年食品安全一再出問題，令我感觸最深，善待是這些利益薰心者欠缺的東

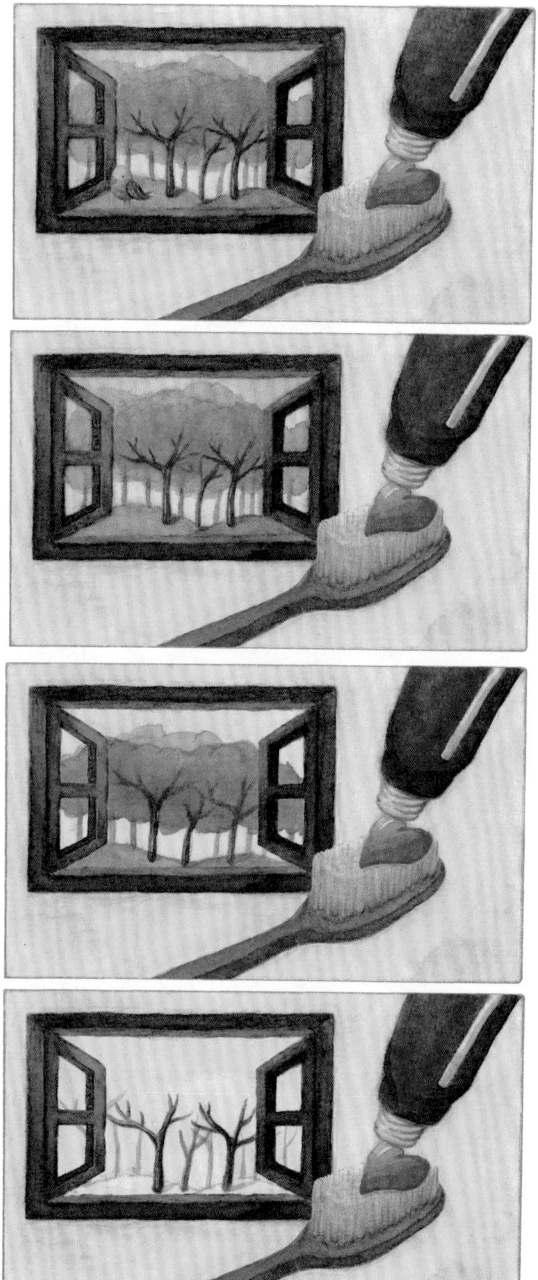

西，父親善待農作物的心思給我印記最深：「賣給人吃進嘴巴裡的東西，一定要很小心，很用心，把別人當成家人一樣才行，這樣才會讓人吃得安心。」

也許當年並未有塑化劑、二氧化硫海帶、石膏豆腐、沒花生的花生油、抗生素雞等等危及身體健康的添加物，未進過學堂的他，沒有任何營養學的背景與科學觀念，不具有機觀念，不知食物是體力的來源這些理論與研究，他有的大約只是堅持讓人吃到好作物的良知吧。

「順天應人」散發出禪味，他完全聽從四季律令，何時該翻土？何時施肥？有一定規矩，馬虎不得，這樣才能栽種出給人養分的好食物。

他的用心，得到了報償，成了大盤商收購者指定的農產品，價格硬是比別人好一點，貴得合理。

原來善心是有魔法的，有如一粒種籽，種在食物上，成就美食，種在心上，成就善念，永遠不會枉費的。

先天殘障但擅長金石的朋友，兒子不幸被狗咬傷引發敗血症，搶救中不得不截肢保護生命安全，龐大的醫藥費用令人心煩，我不知為何的突發慈悲替他扛起了一部分的責任，利用少少社會給予的公信力，影響周遭友人募集了醫藥費用之中的九牛一毛，區區三十萬元，也許無大用，但不無小補。

募款的金額早高過一座山，無需錦上添花這類的風涼話，被我擋下堅定而行，最後交款簽具證明。

而今證明我是對的，醫藥費遠比我們想像的還多，並不夠用，之後我把自己收藏的石頭印章整理出來，按月交給他刻製，暗助一些錢。

我明白了，這股衝動的出處是父親。

寫作這件事慢慢與以往的肌理大不同了，它不再只是稿費與成名的事，而是改變他人的魔法，慎重落下每一個字，讓一堆字累計出來的書如鹿善繼所言：「有字書裡藏了無字之理」，至少做到從我手上出去到出版社的編輯之手必屬好書，讓人在晨光中閱覽時，能理得一點點人生哲思。

杜甫說：「文章千古事，得失在寸心」，是的，我依循這道理，非常用心寫下一字一句的短篇小文，讓他們的一日之晨有了收穫。

一六一二年培根寫出：〈談善與性善〉，後來收錄在《培根隨筆集》（中央翻譯出版社）傳世。

他是英國文藝復興時期最重要的散文作家、哲學家，文章的語言簡潔，文筆優美，說理透徹，幾百年來深受各國讀者喜愛。

在培根眼中，少了「人道」與「善」做指引，即使雄才大略都略嫌不足，它是一切精神力量之首，沒有高風亮節的人品，無疑是一大缺漏。

少了它，人很可能就會變成碌碌無方，為非作歹的壞東西。

培根的想法在生活中可以找著多如牛毛的驗證。

檢調法警等執法人員，如果是非不分，善惡莫辨，不止無法行善，可能還會助惡人行惡，成了合法的黑道，造孽更深。

販售者如果心中無善，以利為先，食物的安全便難以把關；衛生檢查單位若缺善必放水通融，防護大門一定洞開。

政客少了善心，不僅會牟利，還可能誤國，成了社會亂源！

種植水果的農戶流行一段話，三棵自己吃，其餘賣給人，意指只有三棵不灑農藥，唯錢是瞻的心思真的可怕。

善是楚河漢界，少了它便很容易掉進險惡的誤區了。

培根清楚表明，善可以是一種「習慣」，從小善做起，量力而為，久而久之會養成善的人品了。

華爾華茲強調：「一個好人一生之中最好的一部分是他細小、無名、可能不被記憶的善行與愛。」

善行本該是常態，格爾斯認為它：「來自一種經驗！」

愛是美德，也是經驗，如果成了習慣便很容易上癮的。

# 魔法種籽：愛的定義

愛是什麼？

沒有標準答案，但卻是世界上最重要的東西！

如果少了愛，這個世界可能變了樣，優秀的不可能是優秀，眼中看見的只有白花花銀子的人，做出來的麵包不會是細緻的，只會考量成本，加進食物的便可能會是不怕腐的防腐措施。

少了它，查檢人員會淪為共犯，貪贓枉法，紅包成了通行證，讓不良商品或者毒品，危害別人。

沒有愛怎麼可能會是好的商人，魚販會作假，讓腐敗的魚兒變得鮮活，眼珠子再度明亮，慘白的豬肉變成豔紅，豆腐百毒不侵，抗生素雞鴨擺上攤位，鳳梨的汁液是毒，缺了愛的人什麼事都幹得出來，一點一滴要了人家的命。

愛是守護神！

有了它，才會設身處地替人著想，讓聰明成為助力。智慧是魔法，真的幫助他人。

愛的養成並不難，習慣了，就會很自然。

愛是生命的火焰，沒有它，一切變成黑夜。

這是羅蘭的話。

反之，有了它，便是光明的。

## ‧人生的加分題

早年的宜蘭像一座孤城，交通非常不便，除非陪父親環島進香，或者鶯歌訪友，才有可能進到大台北城。海浪的曼波，濺起了水花，火車過山洞前買一個福隆便當的期待，串接成童年記憶。

考上大學，算是第一次正式的自己隻身一人的北上旅程，彷彿劉姥姥進了大觀園，五光十色迷炫極了，大學新鮮人的迎新舞會一個接一個，校的系的，跨校的，小小一顆心，被迷惑出走了，還好被好心人拉了一把迷途知返加入「愛愛會」，與學長到「啟明學校」報讀，不僅收了心，還多了責任感。

明眼人簡單能做的事，啟明學校的缺視力者卻難如登天，夢想必須靠人設局，舉棋擺譜，必須有貴人。

我很幸運成為他的「眼」，每個星期二成了我的修行課，晚上七點集合出發，十點才能返抵宿舍。初時彷彿被愛逼得，想得到一個好人的封號，後來便真的很像好人了；我在意這個愛心，比別人賣力準備每一次的報讀資料，讀聽相長，結了美好的緣。

報讀者善音律琴瑟，我愛舞文弄墨，他悄悄把我寫給他，念讀出來的文章譜成曲調，在某一日報讀之前，取出弦琴，唱給我聽，三十多年前的事彷彿昨日，想起來嘴角依舊不停的泛著笑意。

塵封往事在某一日毫無預期的被一套完美的設計勾引出來，松山高中的教師進修課原本只是我所有的課程之一，沒什麼稀奇的，但那一天他們費心的安排一個橋段，演講之後，當年的這位盲生緩緩走了出來，我驚喜莫名，原來他已是這所學校的老師，鼻頭一酸，淚便快意大方的溢了出來。

它是我的人生偶然，一瞬之間罷了，卻在波心裡迴旋出如此美好的漣漪，譜出美好回憶，他記起這些事，知道我對他的好，他用同樣的方式對待學生，善在此刻已然不只是善，而是一張色澤繽紛的地圖了。

學長病癒申請復系，成了我的同學，坐輪椅，需要有人照應起居生活，按表操課推他上學、散步復健看夕陽，導師找尋志願照料者，我不知為何一個衝動便舉起了手，同寢室的好友老狐被我拉下水，承擔這個不可能的任務，我們必須荒廢一部分的學業東奔西跑的送他看病，中醫、西醫、密醫加洗腎。

思想當初，真不確定哪裡來的愛心，起心動念是否真的如是？或者只是無心之錯，便答應囑託了。

辛苦難以言喻，即使他們家人之後一起分擔任務，還是累累累，加上多修習二十個「教育學分」，課業與醫院的長廊之間，串連成人仰馬翻，大四生活分身乏術變了曲調。

沒埋怨是騙人的，直覺上了賊船，終究畢業，學長還給家人，我去當兵，之後分道揚鑣，而今再想起這一段人生往事，反而是最甘甜的片段之一，如果少了這個歷程，我的愛心一定欠缺一大塊。

感謝上帝交付機會，讓我早人一刻看見人間的幸與不幸，施得捨，得與失等等。

某一年，接到他弟弟的留言，學長敵不過病魔走了，人生本是如此，依緣而生，緣起而識，緣滅而離，送行的那一天我把演講排開，陪他最後一程。

愛這件事，我因而有了更深一層的理解，它是人生的「加分題」，可以悄悄的給人高度，添了視野，有如一位先行者，提早看見起承轉合。

以下這則故事提供了證明：

史丹佛大學是一所迷人的大學，校園角落處處有藝術，戶外藝術雕塑林立，壁畫賞心悅目，由奧古斯特・羅丹製作的銅像遍布校園，康托視覺藝術中心內共有二十四個畫廊、雕塑園、梯田及庭院。

圖書館是史丹佛的另一特色，收藏了九百萬冊書刊、二十六萬冊稀有書籍、一百五十萬電子書檔案、一百五十萬視聽材料、六百萬微縮膠片存檔及過千個其他電子文檔，為全球最大及最多元化的學術圖書庫之一。

這間被《紐約時報》及《石板雜誌》評選為「象徵美國的大學」，申請就讀的機率低於一，想拿獎學金便更是難上加難了，學科成就指數必是一流的一直被列名世界十強，很難跨進這道窄門，有人卻靠特殊經歷申請被評審教授青睞。他是來自上海的一名高中生，四處行善，他說可能是在非洲當義工太久，皮膚曬黑了，看起來比較老，很多人把他與沒有差幾歲的孩子誤認為是父子，有趣的開場白逗得教授們哈哈大笑，給他一張入學許可。

盧森說：「愛是一泓清馨有味的甘泉。」

嗯！

說不定還藏了魔法，有了它，人生變得格外亮彩。

## 魔法種籽：種夢的歷程

行之有年的「種夢行動」，每年總會答應三、五個高中學校，與一群甄試後考上學校的孩子促膝長談我的人生哲學，傳承一粒未來可用的種籽。

「創意」是我的提醒，它是腦力經濟的核心，知識轉化成為實「用」的東西，化成事半功倍。

「無私」是我的第二個提點，這樣才能益於社會，成為有用之人。

「只做自己」，平凡人最多如此，什麼都會是超人；方程式只有一個，它叫：「努力」。

「決定或者被人決定」，是人生的必然型態，把一件事做到非你不可，便會是決定者，反之，只好被人擺布。

聯經出版的《給青年科學家的信》提供了演活自己的一些方法，共有二十封信，完整呈現了作者對科學之道的洞見與哲思，告訴年輕人面對學術聖杯時的喜悅激動，同時揭示了走向聖杯之前處處設有路障，如何跨越。

這本書主軸是科學，卻適用於任何事務之上，點出能力是人生最大的考驗，所有的求取無疑想得一個本事，少了它什麼也不必講！

最後莫忘威爾森的提醒：「熱情之所在，才是機會之所在。」

## ・數學題裡的哲學

重要，不重要；
該要，不該要；
必要，不必要；
需要，不需要；
想要，不想要。

這些美好的人生哲學早一點明白其中義理，就可以讓生活早他人一步跨入自己設計的優雅藍圖，會是更美好的事！

多與少，大跟小，空與有，得或失，這些事很絕妙值得聊上一聊。

讀書、工作被我們設想成用來得錢，並非完全不合理，但重點真的不在多，而在運用；多與少乍看之下是數學但實是哲學，有時人多是多，有時多卻是少，這些事我並非不明白，多接幾場演講，便可多出更多白花花的銀子，日以繼夜的演講可能多出幾倍的錢，只是，會不會因而少了健康與快樂，忙得如同一部好用的機器。無止盡的工作，擁有華廈美宅，很可能一併失去與家人共處的時光，是好是壞？

計量學我很精明，數學一向是我的強項，全國數學競賽得過第六名，學校的數學進士，我得過兩次第二名，一次第三名。雖當不了數學家，大概也稱得上有一點數學腦袋，可以計算微積分，一般的加減乘除那就更非難事了。

高超的數學計算方式，後來都沒有讓我成為累積財富的富貴之人，反而化繁為簡，只採行一加一等於二這個被法國科學雜誌票選為改變歷史的重要數學法則，簡單中是難。

投資什麼？

一樣也沒有，我不買股票，唯一的投資叫「自己」，它是我的績優股。

買房投資不是我的強項，它是負擔。朋友在乎地段、外觀、未來性，但我只當它是一間住屋，內部勝過外觀，用心路最重要；他們賺錢多過我，但全把往錢坑裡投，反而苦，我則閒雅知足。

大是大是數學，但大是小則是哲學！

購買豪宅欠下龐大貸款的人，拚命賺拚了命還，煩惱無盡，大是大負擔；而我買下合宜小房一下子便把貸款付清，擁有房子的絕對使用權，小是小麻煩，那是多美好的事。

有了大錢但很少能用則叫「悲哀」。

「空還是有」值得提早思考，錢有了但體力空了是好事還是壞事？人非神，沒有魔法，專家認定八小時體力上限，超過了就是透支，換來的屋子則會成了墳墓。

「柴米油鹽醬醋，不可不必；

琴棋書畫詩酒花，非要不可；

橫批：活得像人。」

這是我書房裡自我叮囑的一副對聯，代表我的人生觀，也是財富觀。請為「需要」工作，不為「想要」服務。

價值觀影響我的生活學，別人的該要很可能是我的不該要，他人的必要，變成我的不必要了。

好車，我的解釋是好的代步工具，別人則可能以為是名貴的雙B房車，豪宅在我身上可能是好窄，小房有味道，五臟俱全，住得很舒服，像安樂窩，才是好的居所。

「身外之物」是他人的重要，我的不重要，所以他們役於物，我則物於役了，他們是工作的僕人，我是主人，偷得浮生半日閒。

「得」與「失」愈早明白愈好。

二姐眼中，我曾是一毛不拔的鐵公雞，愛錢如命，只因當年的零用錢才五毛，他們要我出一元，我便緊捏著口袋，抵死不從了。

第一份薪水請客，她狐疑問我真的假的？

歲月淘洗之後，我早從小氣財神變成了散財童子了，知道一輩子只為錢服務的人生其實很可憐，五減三是二，十減八是二，十五減十三還是二，但得五的人是人，得十五的人則是遊魂了，慾望大過能力，必是死棋。

金錢是兩面刃，可能是綁匪，綁架了你我的人生；也可能是佛陀，行善布施，普渡眾生。

林美秀主演的電影《白天的星星》，那間隱身山中但溢滿人情味的小雜貨鋪，我特別有感覺，不是富豪的她，遇上窮困的孩子依舊什麼都能「免」，小店慢慢成了部落孩子的午餐供應站，她讓金錢變成更美的流體，流盪在山林綠地之間。

我相信你遲早會是個優秀的賺錢者，請讓它有了更多的大用，發揮錢的美好內裡，讓它有機會轉動愛的轉盤。

因為諾貝爾認為，人生是上帝交到我們手上的寶石，你是好的雕琢者，請發揮巧思美化它。

## 魔法種籽：錢的另類財富

不要只光顧著口袋，人生還有很多事可做的！

一路上我都會發現從未想像過的東西，如果當初我沒有勇氣去嘗試看來幾乎不可能的事，如今可能便還只是個牧羊人而已。

這是《牧羊少年的奇幻之旅》一書給我們的提醒。

魯賓則在《過得還不錯的一年》中提及：

「快樂也一天，不快樂也一天，如果由你選，你選哪一種？」

多數人選快樂。

追問現在的你快樂嗎？多數人回答，不快樂。

弔詭！

有錢不快樂，有它幹嘛？

錢若是夢想！

這就有味道多了。

一個人沒錢不一定窮，但如果沒有夢想，便窮定了。
這是我的理解，每個人都是小船，夢想是帆。
有夢想，也得有思想，這樣的人生可以事半功倍。
那就用錢買知識，多看一點書，高爾基說，它是進步的階梯，一點都不假，閱讀是成為一流者的途徑。

## •溪中的小菩薩

溯溪是我忙碌之後的偷閒時光，舒活劑，解壓處方，心靈良藥。

每年五至九月，春漸漸轉為夏的交接季節，暑氣迅速蒸騰開來，動不動就飆上三十六七度，便該下水了，來回少說五小時，多至八小時，雖累亦爽，森林中的辟支佛是我的老師，用美麗的景色，沁涼的溪水，溢流的芬多精，在空氣中飄盪的陰離子，告訴我們環境有多重要，不止來玩，更要保護之。

兒子很早成為我的夥伴，我們一起上山下水，我比別人早點明白，體力比學歷重要，三十歲之後不太靠學歷，而是學力與體力雙力合璧。

沒有體力，沒有一切。

北勢溪從森林流淌而出，即使盛夏，水溫依舊只有十八度左右，冰鎮透涼，走過一道橋，一段野徑之後，很想快快入水，深呼吸一口，涼便過心底，踏石緩行，在小水潭停歇，巨岩上佇足，再往前便是瀑布了。

禁釣讓魚兒又回到早年的數量，引來偷釣者入侵，一竿在手偷取的數量並不多，但瀑布下流刺網便可能大小通吃了。

那一天，我們下水沒多久，兒子便眼尖，發現橫陳的流刺網，在光的折射下若隱若現，幾條大石斑魚被纏繞，賣力掙脫，另有幾條早就氣力放盡氣絕了。

兒子放下背包，蹲了下來，仔細觀察，五尾死亡，三尾奄奄一息，如果不馬上施行救援，大約熬不過幾小時。

我也跟著蹲下，用盡吃奶的力氣想與糾纏且韌性十足魚線一搏，可惜我輸了，蠻力不成只能靠利刃，可是我向來不帶刀溯溪，看來毫無機會了。

時間一分一秒逝去，兒子突生妙計：「石頭。」

不成，不成，石頭會把魚兒砸扁了。

「你想到哪裡去了，我是說把石頭敲碎，鋒利的部位就成了石刀，可以切開堅韌的魚線了。」

隨機應變的點子不賴，是呀，石刀管用的，兒子立刻找著一粒石頭，用力敲了幾下，迸裂開來，我試一試刀鋒，果真削鐵如泥，頂管用的；我在網子上畫了幾下，果真切開了，兒子接手，我們一來一往，終於完成不可能的任務。

得救的魚兒如果冒失放回溪流未必能活，兒子說：「魚太虛弱了，放入急流可能會承受不來。」

怎麼做？

他提出一個辦法，建議挖一處小水塘，把三條魚放在其中休養，再挖一條連通水塘與溪流的溝渠，讓牠們休養，有體力時，可以藉由水道游回大河找媽媽。

三條魚可以容身的小水池並非什麼了不起的大工程，我們動作迅速，很快便挖出一處讓魚兒悠游的水窪，從上至下引出聯通河的水道，好讓休養調氣的魚，有路可游。

輕輕把魚放入窪中，不知是虛弱無力，或者驚嚇過度，翻著白肚，我們坐在溪畔等了五分鐘，終於看見魚兒翻身擺正，游動了起來，忐忑的心終於放下。

「走吧。」

兒子起身，跟魚兒說拜拜，繼續溯溪。

橋歸橋，路歸路，我們的確可以「視而不見」，自掃門前雪，莫管他魚瓦上霜，著名的社學家費孝通先生在他的《差序格局》裡寫道：「一張紙屑落地，便有滿堆紙屑落地，那一處空地，很快便成了一座垃圾場！」

舉手之勞，可能可以改變這一切，人人拾一張紙屑，看了就撿，也許便可以打造一座乾淨城市。

「仁者樂山，智水樂水」，是嗎？我一度懷疑真實性，愛山樂水的人怎會汙染水源，烤肉、升火，留下滿地髒汙，捉魚的流刺網難保不是烤肉者設下的，捉幾條慢活的魚兒加菜。

「回來記得牠們在哪兒嗎？」

的確，依照以往的經驗，應該不復記憶了，我們插上樹枝當記號，觀察地形地物銘印。

森林霧濃漸起，回家了，兒子忽而記起魚兒的事，這回可急了，箭步如飛起來，火速趕往小池。

「不見了。」

兒子先我一步踏上以枝為記的地方，在微風中嚷著：「不見了。」

魚兒游走了。

兒子的聲調略帶喜樂，經過五個多小時的休息，魚兒養足體能，順著我們巧妙設計出來的水道游了出去，回到牠的家園。

兒子欣喜若狂，並對著河大喊：「回家就好，你的媽媽在等你喲。」

夜裡，兒子與媽媽分享這件事，聽得出來驕傲，我喚他「小善人」，這下他更樂了，小小的臉龐，因為不好意思而泛紅著。

臨睡前，他小小聲的問我：「現在，牠們會不會在開慶生會了？」

溯溪讓我們一起做了一件事以後想起來會笑的，有價值的事！

同時讓我想及作家坎布里奇的想法：「一件事是由價值的大小，來看它可能帶來的多少幸福。」

利人或者利己是我盤旋在腦中的思考：一個很優秀，但卻只顧著替自己謀福利，成為掠奪者的人，對文明的社會到底是助力或者傷害？答案顯而易知！

人是動物世界中最聰明的，但如果用才智讓原本該是多元的生物系統，出現絕滅，淪為珍稀，或者快消失，是福是禍？不難想像。該是轉彎的時候，如同莎士比亞說的：「一根小小的蠟燭，它的光照耀多麼遠！一件善事也正像一根蠟燭，在這罪惡的世界上大放光輝。」

當你是蠟燭，我是蠟燭，人人都是蠟燭，希望就來了。

# 魔法種籽：舉手之勞

善行這件事有時只是舉手之勞！

颱風來襲之後，市區裡有了一些小水患，排水溝被殘枝樹葉堵住了，水溢流出來，在低窪處形成小塘，車子一過，水花四濺，把行人的衣服全弄濕了。狂風滂沱大雨中有一個人彎下身子，乾淨俐落的清除堵住物，沒多久，水便暢通了，他帶笑起身，跨上腳踏車揚長而去，臨行前，我向他豎起大拇指，說了一聲謝謝。

這是舉手之勞的小事，但卻幫人大大的忙。

這些事我也常做。

颱風天我往往一夜難眠，守著頂樓，擔心靠山處捲來的千堆葉塞住排水孔溢流成災，有幾回確實救了快淹進電梯的災情。

溯溪時，我隨身的背包裡常多一只紙袋，順手把溪流中的垃圾隨緣帶出，一個人一只袋子，做不了太多環保，但十個人，百個人，人人舉手之勞，便可還溪一片乾淨。

莫因善小而不為！

它非口號而是哲理，如同蝴蝶效應，最後一拍，成就善的強風，一頁美好。

下一回，看見地上有一堆垃圾，請撿拾起來，零點一很小，但很多零點一則很多，我們有能力當一隻有效應的蝴蝶的，一起打造城市的溫馨美好。

我因而想起雷切爾卡森的想法：「人必須與其他生物分享地球，才是快樂的事。」

## •種下善種籽

**一蟹失足，二蟹持扶，物知慈悲，人何不如？**

這是弘一大師的慈悲語錄之一，我記住之後便再也沒有忘記過了，奉行成了我的生活學。

物知慈悲，人何不如？

有一年中秋前，家裡平白多出兩粒月餅，原來前一天，女兒幫一位婆婆提重物回家，爬了五樓階梯，得到的酬勞，婆婆稱讚她為乖小孩！

好孩子，在我看來不是用成績分的，而是良善！

三百元對我來說算小錢，但對按月領用零用金，支付車票、午餐、雜支，存了一小筆錢的學生來說是大錢，要求他們捐出的確有難度。女兒在地震天災之後，慷慨解囊捐出這筆錢，即使前一日才告訴我手頭很緊，後一日又擠出錢來樂捐了。

颱風天，兒子是我上頂樓做防颱的小幫手，樓上不止我一戶，兒子疑惑為何別人不上來，我告之，先把自己該做的事做好才是王道，把怪罪他人的時間用來做事可能更好。

社區有一座人工生態池，如想水質乾淨，魚兒悠游，雜草不生，非有專人照應不可，那個專人常常就是我了，兒子則是副手，除草這些粗重的活兒他幹，放水清池子則由我來做，這叫「利於人」，這才是真實的學問之道，而非一味的利於己。

坪林救龜事件被兒子形容成永生難忘，我們停車歇息用過午餐在溪旁小憩時，偶然發現河中翻攪出來的圈圈漣漪，蛇龜嘴巴明顯被一支碩大魚鈎勾住，翻動掙扎。

我們湊上前撿起一根竹竿，把烏龜拉近救上了岸，嘴化膿，潰爛缺少一角。童年的釣魚經驗幫上了忙，順著倒鈎的角度拔出，鮮血飛濺，再把烏龜放回棲息地，這件事並未隨著兒子的成長而消失，反而愈陳愈香，猜想有一天會是他的人生哲學吧。

畢業上班最傲人的能力不是哪所學校畢業？讀什麼？專業有多厲害？而是為人處事的態度，謙和的個性，替人著想的細膩心思，是個受歡迎的人。這些特質統稱叫做「人格」。

它可能來自成長過程中一點一滴的善念善行，「彎下腰」撿拾海灘上的垃圾、瓶罐、針管，將別人扔在草叢裡的廢棄物清理出來，幫鄰居帶狗，這些小施小惠，當下無用但未來實為有用。

成績只不過是讀書的一種計算方式，一個群組的阿拉伯數字而已，未必代表高下，聰愚，優劣，「分數的評量之旅」終會結束，塵歸塵，土歸土，一切歸零重來。

看似微小的善行，反而帶給人生最真實的得益，同理心會因此而生，懂得設身處地替人著想，進而溫潤人際關係；名店因為生意太好，造成交通混雜，影響左鄰右舍的居家品質，因而被投訴，壞了里鄰關係的情況屢見不鮮；如果多了一點同理心，知道這樣確實會造成別人的起居困難，多說一句抱歉，登門拜訪，按月給人一

盒店內名產，派專人指揮交通，節制販售時間，敦親睦鄰必可收到效果，這些叫做「無形財富」。

書中欲給人的一生受用的豐富禮物，並非我獨自一個的領悟，很多是他人的醍醐灌頂，演講不單單賺到錢，同時得以在講畢之後得到一頓豐盛的餐點，並且領教一位號稱非常「懂事」的董事長的用人哲學，他們評價一個人並非完全由工作效率著手，而是與人為善的人際關係，待人處事之道，他們說：「一個人最多一百分，但有統合能力的可以使之變成一千分、一萬分，這是團結合作的力量。」

其中一位老董引述白居易的話：「樂人之樂人亦樂其樂，憂人之憂人亦憂其憂。」

他想告訴我，「態度」是王道！

這是他從事企業多年的心得，細心為人著想的人格，貼心的心思，有溫度的特質，才是人生加分題！

這些人生義理，不講，或許有一天你可能仍都知道，但若有人及早提醒，早一點聽到，也許能早一點知道，這樣當可少走幾步冤枉路！

行動吧，不要只有心動。

因為播種一個行動，你會收穫一個習慣；播種一個習慣，你會收穫一個個性，播種一個個性，你會收穫一個命運。

# 魔法種籽：用在對的地方

讀書為了工作，工作得了金錢，這個方程式是人類設計出來的，基本上沒什麼錯，但錯在我們原本應該是主人，後來竟成了為錢服務的僕人了。

這些年，遠赴星馬演講多回，認識很多好朋友，除了工作之外，他們會帶我四處遊山玩水，雲頂有如台北的陽明山，豪華別墅一棟接一棟依山而建，築在綠林裡，上千坪的土地，種滿各式花種，花木扶疏，綠意盎然，設備新穎齊全，但非假日常常顯得空空盪盪，朋友說，主人是假期才會上來，平常則由外勞夫妻守護。

話鋒一轉；「看來他們才是享受者」，說畢暗自竊笑。

主人是「錢奴」，僕人在「奴錢」，值得反思。

一生就是一輩子，逝去不會重來，它是一條單行道，按照這些人的想法，老了再說，豪宅是養老用的，可是老了呀，可能連山上都上不去了。

讓努力得來的錢變身好的僕人，才是好觀念。

駕馭它，讓它為我們服務，該捨要捨，該得就得，才是好的金錢觀。

第二章

# 用價值貼飾的幸福卡

**人的真正幸福不在於他擁有什麼，而是證明他是什麼。**

王爾德的這句話我非常喜歡，把幸福解構成人生的一種歷程，不是結果，這種意象，值得深思。

幸福是個人的事，它不是別人給的，必須自己去找，不必俗世的肯定，而要自我肯定；永遠有兩個面，你可能看見陰霾，也可以看見陽光。

「山不轉路轉」！

山的四季彷彿人生，春夏秋冬各有不同，時而內斂，時而瀟脫，時而嘯傲，時而狂狷！

山的組合有峰與谷，如果只有山峰，連成一條線，是「稜線」，如果只有山谷，那就非山是水了，可能是一條溪流，真正的山是峰谷分明的，走勢與曲線巧妙結合，在彎度之間有了風情，少了這種樣貌，山不是山。

山如人生，至少曲度像極了。

偉大未必是完美，承擔愈大壓力愈多，以致忘了喘息，在書寫這本書的時候我斷斷續續停下幾回思考，觸碰我的是一則登於報紙上，關於電子高階主管生病或者自殺的消息，看來處於巔峰也非好事，因為高處不勝寒，如果忘了帶著棉襖，可能會凍僵了；房子大反而貸款多，必須花更多的心力償付，幸與不幸交織。

盛名之累，人紅是非多，婉君（網軍）可能以你為對象，惡意攻詰，讓人活得很不踏實。

未必事事都要強出頭，平凡有何不好？這樣便能隨意做自己的事，快意自在；少未必是壞事，積疊能成多；無知並非永遠，只要願意自我充電，它會是有知的開始。

是的，好與壞，多與少，優與劣，空與有，虛與滿，常在一線之間，空是有的開始，有是無的開端，這些並非哲學，而是事實。

美國詩人佛洛斯特說，森林有兩條路，他走人煙稀少的那一條，你呢？

鮑伯．米格拉尼的《我在印度，接近天堂也看見地獄》（大好書屋）一書，我意猶未盡的一再覽讀。他是印裔美人，在印度出生，美國長大，一趟有如鮭魚返鄉的尋根之旅，讓他的美式思考非常不習慣這個混亂之都的一切，工作沒一個準，約會沒一個準，婚禮不知何時開始，何時結束，友人告訴他，一定會結束，是啊，一定會完成婚禮的，但過程呢？

這些不知所措的橋段一再發生，改變是真理。

他開始入境隨俗，發現父母的國度也有美好之處，不再只有忙碌，文明的生活意義硬生生鑲嵌在印度人的身上是行不通的，慢，慢慢，放慢生活步調，不必如同無頭蒼蠅的人生也是曼妙的。

很多事的確是快不得的，比如說成長，五歲就是五歲，八歲就是八歲，這三年跨不得，隨著人生的律令而行更有味。

樹木可以簡單分成硬木與軟木類，長得快速，但風一吹就斷的是軟木，如梧桐；肖楠、櫸木、檜木，樟等等，長得很慢的則是硬木，不怕風吹雨打。

百年一寸的硬木，其實是用時間錘鍊來的！

《易經》一書最美的解釋是不變之變，意指想要不變的好，就得不停改變，包括調整眼光、步伐與思緒，我們的教育往往讓人在長成之後，找著了工作，沒多久便罹患了「匆忙症」，時間老不夠用，永遠有事要忙，世界不停的轉動，把人全轉暈了，忘了人生還有「暫停」鍵，可以讓人看看四周的春花秋月，可以闔上眼聆聽與沉思。

我們依呼吸而活，卻很少有人靜靜的聽過自己一呼一吸的律動，我們老活在「我」的世界，忘了還有「對方」。

我們喜歡圓滿，但忘了一百來自所有的零點一的加法，這個數字不大，但很多的零點一不小。我更在乎結果，忽略過程更重要。

沒有人十全十美，所以該學會接受自己的不完美，發揮長處，而不是一直看見缺點，優點加起來才是專業。

不要想太多，做就對了。因為一加一是二，零加零還是零，零是唯一不變的質數，沒有行動，什麼都是假的。

人生不是一門工作課，而是哲學課，不止為金錢服務，可能還有更重要的事要做，只是工作不可能是幸福，工作之外不工作才是美好的想望。

我們可以控制的根本不多，唯一可以掌握的只有自己。

拍動翅膀就對了，人生的「蝴蝶效應」就在下一站等著。

## ‧存在就是幸福

存在主義治療法大師佛蘭克爾的作品，是我的心理治療聖經，繁體字版早就絕版，至少找了五年遍尋不著，卻在一次的晨光中在跳蚤市集偶遇，它靜靜的躺在一角，我用餘光瞄到，十元成交，老闆根本不知道我的手是顫抖的，心在雀躍，差點喜極而泣。

關於佛蘭克爾的事，一下子全浮光掠影出來了。

二次大戰時他因戰事失利被敵方關進慘無人道的集中營，生死一線，他的父母、兄弟姐妹與妻子，不是死在集中營，就是毒氣室裡，他因而悟出自己擁有的一切，一夕之間全失掉了，加上經常性的飢寒交迫與虐待，幾乎使之失去僅有的求生意志，如此災難，讓他認真思考存在與不存在的問題。

大戰結束後遣送俘虜回國，納粹利用月黑風高把一千五百名囚犯推上車準備載往奧斯維辛，集體送進毒氣室、焚屍爐，大屠殺的巨大陰影襲來，下了火車，神態自若的軍官從容不迫指揮囚犯向左、向右，事後得知，向左的全進毒氣室，向右的充當勞役，而佛蘭克爾便是幸運的向右者，逃過死劫。

豐富而深刻的生死經驗，一再發生，讓他理解「存在」才是一切，活下來，一切皆有，死了則所有空無，我也因而明白，十塊錢不止十塊錢，而是一種存在吧？

這是我在波光瀲灩的河濱公園，每逢週末假日，天光微亮，數百頂的傘花撐開，煞是美麗的跳蚤市集，買了一本夢寐以求的書因而聯想起來的小故事。

跳蚤市場的確藏了寶物，但也一併藏了慾望貪婪。

尋寶人總是用鷹的銳眼，搜索寶物，往往少了悠閒的陷在貪瞋痴的泥淖裡。貪的人很容易相信美麗的故事底下隱伏的騙術，如未修持戒定慧，上當是難免的。

販售者未必都是撿拾破爛的人，有些可能也是上當者，曾是一家店的老闆，公司的董事長，收藏家，最後成了淪落者，為一口飯在攤上叫賣。

專業讓這些人賺了錢，野心變大，轉而投資不專業的事，千金散盡；如同藝人，表演是專業，游刃有餘，液晶燈泡是非專業，賠光，這些曾經風光一時的人最後欠了一屁股債，早年收集的昂貴寶物，成為兌換一口飯的憑藉。

明治時代的日本碗，蒐購時絕對不止一百元，可能是千元、萬元，但卻用一百元出清，一只紫砂茶器買價可能上看三千，但用三百元讓售，沉沉的鐵木雕成刻工精細的如來佛，手腳是象牙，原價應該數萬以上吧，脫手卻賣不了多少錢，講來便是心酸。

開過精品店的另一攤跳蚤主人，說他的店生意好時，統統是寶，賣都來不及，錢如潮水湧了過來，倒店則叫做廢物，這形容再貼切不過了；三件一百，兩件五十元，或者一件十元，有錢就好，只為了填飽肚子的排骨便當。

跳蚤市場意外的成為我的哲學老師，教我人生與存在哲學；它本該是一題簡單的數學，加法為主，我們錯看成了乘法，最後演成除法。

把物體從手中拋出之後會成了一條有彎度的拋物線，最高的那點不是最遠的，它是「高峰」或者「高原」。

高非遠！

表示人如果像夸父一樣是追不了太陽的，一味的貪求最後只有虛度一生。

存在提醒我活著才是希望的道理，寶物是人的想要，慾望的一種，可是真實活著只要一頓飯，柴米油鹽醬醋茶的「需要」而已。

我在這裡看見了禪！

慾望需要千元方可解決的事，社會底層的人只要區區銅板十元，我們隨便一個浪費，可能是這些人好多天的食物，法源明訂過期食物不可販售，但在跳蚤市集中明明知道是過期的還是有人搶著買！

我提早讓兒子預習此事，一塊到鬼市尋訪，他沿途不停犯嘀咕，心情真像以前凌晨四點被父親喚醒，披上衣，掌著燈，與他一起採割竹筍時的怨懟，嘟成的嘴形與我無二異。

「鬼地方」是他的說法，這個形容極好，髒亂是特色，十元是跳蚤市場的基本價，器皿、玩具、衣服，甚至書籍等等，應有盡有，我曾在此尋獲自己早年的作品，以贖罪之心，花了十元請購，替它淨身，放回架上，說什麼也不准它再去流浪了。

巧遇八十的賣書老翁，《辭海》迷人，這本書是我需要的，比書房中的任何一個版本都好，我細聲告訴兒子：「好書。」

摸摸口袋餘額，發現惜阮囊羞澀，示意兒子走人。

「為何不買？車上還有錢嗎？」

當然，可是車子停得很遠，來回得二十分鐘，兒子催促我去拿，嘿，這孩子，前一刻還在埋怨的鬼地方，轉身卻有副好心腸，我快馬加鞭來回依舊晚了一步，老人家收攤了。

「慢吞吞的，當然趕不上！」

那一夜，父子倆在月光皎潔的光影中，大字型躺在頂樓的屋頂花園，偌大的天空，星星稀稀疏疏，像棋子一樣落著，風輕輕搖曳，把高大的桑椹搖出一個黑影幢幢，更增添了奇魅的氛圍，我們隨意閒談，很快就聊到了跳蚤市場。

「能賺千元的人，會去賺十元嗎？」我希望早上的爺爺不是為了錢去賣書的，而是無聊，否則活到七老八十，還在一頓飯操心，坐在刺鼻的雜物堆中，討個十元、百元的，定是可憐人。

能力大過慾望才是王道，千萬不要讓慾望大過了能力。

適可而止，量力而為，來日方長是我的十二字箴言，很想傳達的精神，活著靠的是體力健康，最重要的叫做呼吸，不是財富。

余華原著小說《活著》（麥田出版）把這件事探討得淋漓盡致，張藝謀在電影上做了調色盤，讓灰暗的原著，變得更有一點亮色，浩繁無限的宇宙中，活著只為了享受日月星辰風霜雨露。

有呼吸就有希望！

這哲學值得記牢。

海倫凱勒把活著的每一天看作生命的最後一天，所以認真的過，你呢？

# 魔法種籽：呼吸就是希望

《無法送達的遺書》（衛城出版）是一本我在評選好書工作時進入眼簾愛不釋手的，與政治有關的議題，過往向來不是我會推薦的書單，獨獨這一本例外，它非政治，更多的是揪心的親情。

書中記述了大約發生在一九五〇年代與一九六〇年代的事，他們為了希求一個更好的社會，成為抗爭者。

他們都遭到逮捕並判處死刑，槍決前，寫下遺書，直到二〇一一年，經家屬奔走力爭與各方聲援，這批遺書才在遲到了六十年後送達家人手中。

為了使這些遺書的故事為世人所知，六位作者首度跨界合作，藉由閱讀受難者獄中書信、遺書與判決書，參考歷史文獻與訪談家屬，以文學敘事的手法，重現記憶分歧的白色恐怖歷史，以及受難者與家屬身心的斑斑刻痕。

遺書遲了，但卻讓人知道，以為已經過去的事，其實才剛開始，以為不存在的東西，其實一直都在。

遺書送達的同時，療癒才正要開始。

這本書某種程度上像極了佛蘭克爾的存在療法，但它們不是寫來教我們感傷的，而是激勵，想想如何讓自己活得更有意義。

一如高爾基所言：人生是短促的，要細細品味它的歷程。

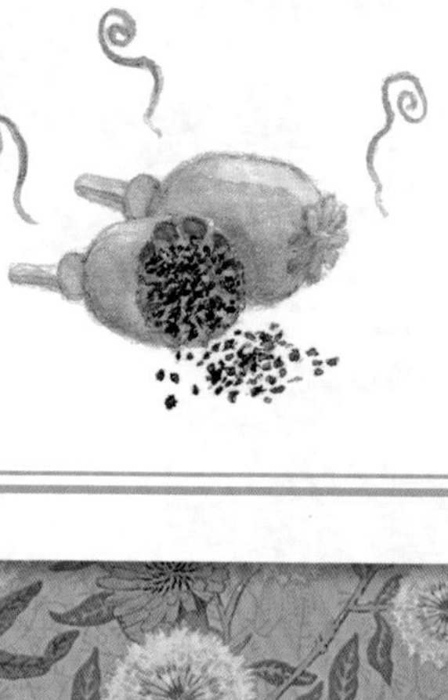

## •慢一點更幸福

慢有時候更快！

終點就在那兒！

快未必是最快到達的，即使最快的也未必是最優雅的，沿路有太多風景，我們一樣視而不見。

我因而想起幾個著名的故事，劉奇偉老師習慣算慢的，大約三十八歲起始習畫，直到六十六歲才出了名，起步甚晚但他的畫廣受喜歡，被公認是好畫家。

史懷哲被稱做非洲之父，醫學良心，但讀書求學並不順心，之後在社會裡打滾，輾轉做了很多事，知道非洲需要一位有醫德的醫生，之後決定習醫三十八歲高齡才從醫學院畢業，他是很多習醫者的標竿，可惜的是最後還是只有少少幾個人學像了，很多人依舊只是個「手持聽筒的人」。

愛迪生是最笨的學生，卻是最偉大的發明家。

船一度是富蘭克林飄泊的道具，載著他四處遊歷奔波，卻也同時擴大了他的人生視野。

這些人都是慢工者，卻出了細活，篩出美麗光芒，大隻雞慢啼果然是真的。

人生藏著兩本非讀不可的大書，一本叫自己，另一本叫自然，山被歸列在後者，它是哲學家，我常在攀爬之間悟出很多哲理。

爬山可以看出個性上的分野，有些像征服者，速度奇快，上上下下之間，寫下不凡紀錄，百岳登上幾座，還要挑戰幾座，想要再超越巔峰。他們上山踩的是全是風火輪，在標示的最高點，插上旗子，留下影子，完成任務，毫不留連下山。

至於風景，早無心戀戀。

有人則是享受者，一步一腳印的烙痕，緩步慢行，隨意晃著，有如梭羅，他們不在意是否登上峰頂，停下腳步看見了秋花，聽見夏蟬帶來的歲月更迭，岩石上的貝殼是滄海桑田的記事，櫻花樹下小憩則是偷閒，佇足流連因而看見山的美姿，鏡頭下的野百合，這些禪意需要靜心冥想。

人生本該慢的！

基本功就快不得，扎實的專業必須一點一滴有如夯土一樣，一層一層堆疊，欲速反而不達，快會忽略細節。四月雪的桐花紛落極美，它長得很快，但很脆，風吹即斷，屬於軟木類；肖楠、紫檀、檜木、雞翅年長的速度奇緩，百年一寸，很結實，是貴重家具的材料，它是硬木類。

時間造就了兩種木頭之間的差異。

一百年前與蔡元培齊名的教育家葉聖陶，寫過有一篇有味的散文〈書桌〉。他提及寄居鄉下時請一位老木匠製作一張書桌的陳年往事，卻很有心得，當年談妥的工錢是六塊，爽快付了卻痴痴久等一周，十天，二十天，一直等不到新書桌到來，忍不住了，特別去找老人，發現根本無動於衷，老人優雅抽著菸斗無所事事，葉聖陶迷惑老人解答：「木頭還潮，是生的，不可以馬上製作書桌，要等。」這一等又過了一個月，書桌依舊還沒來。等等等，一張書桌等了近半年才完工，但卻好用極了，不怕天潮天熱，如果不是抗戰時被轟炸，它能使用一輩子。

書桌被無情的炮火炸得體無完膚，他請師父修繕，沒多久就把它料理完畢，交件取款了，但與前一位一絲不苟的師父比起來，眼前的這一位簡直叫做隨便，耐性差多了，工也就差多了。

如此一來，就不得不在上海重新做一張新貨，只是工又更差了。

慢工果真出細活，這是葉聖陶的體會。

馬上、立刻，大約只等於潦草，不夠堅實牢靠，不合格的保證吧。

返家我有兩條路可選，一條經過鬧區，一條彎過山路，我習慣慢速行駛青翠山巒的那一條。車速太快，只怕風景模糊，缺乏美感。

如果不經提醒，人們往往會被迫行走速度快的那一條捷徑，希望早一刻成長成熟，但忘了到達時可能是終點站？

起點終點的人生，不是只此一生的我們該要的，因為還有：四季的聲音，自然的律令，生命的週期，這些浪漫的事兒等著我們邂逅，「慢」原來是浪漫，不是懶，非無所事事，而是細心，重拾身邊的奧祕。

我因而早起，凝望清晨的第一道曙光，靜靜的凝望它從東邊的山頭閃出金黃色的光芒，慢慢浮掠山頭的晨曦，這麼簡單的事，多數人與之錯身。

早起好處真多，給我最大的體會則是一切都可以慢了下來，在上班之前，人變得從容，聆聽音樂，閱讀雜誌，報紙副刊，讀一本書的一小段，替兒女做早點，優雅用餐……。

慢速的四季分明起來，我遇見春天的鶯啼鳥叫，帶著新購得的賞鳥鏡，近距離窺視鳥兒的低吟鳴唱，築巢育兒；夏的海潮聲，風的味道，水聲潺潺；秋天松濤搖曳，芒花盛開，楓葉由綠轉黃、變紅；冬天刺骨的冷冽，瑟縮寒意。人生慢了下來，我聽見這些季節的符號。

白天忙，夜裡休才是合理人生，不是不要工作，而是不要一直工作，有些事可以等明天。如此一來耳朵會變得靈敏，傾聽蟲鳴蛙叫，眼睛會很靈動。看見星光閃爍，皓月長空，在草原上躺成大字型，闔眼冥想自是快意。

慢下來，其實依舊什麼事都得做，但卻什麼事都可以做得更好。

我喜歡伊朗這句俗諺：「疾馳的快馬，往往只跑兩個驛站；但從容的驢子，卻可日夜兼程。」

戴爾．卡內基也說：「世上充滿情趣，不要只顧著過乏味的生活。」

## 魔法種籽：緩慢不慢

名為「緩慢」的民宿，白色建築佇立在雲霧中，頗有逍遙自在的夢幻感。最強烈的風格是緩慢，希望行旅者放慢速度，好好體會人生，來一趟有意義的追尋！

如果每一間房間再放一本米蘭昆德拉的《緩慢》（時報出版）就更有味道了。

過程還是結果？

值得想想。

我的人生排序一度是：肚子、快樂、夢想，工作先談費用，價格決定一切，有錢便行，忙得不可開交，那時候什麼都快，吃飯快，思考快，動作快，洗澡也很快，但卻忙出病來，胃疲心悸，得不償失。

這些年重排人生我的人生排序，慢成了新秩序：夢想、快樂、肚子，工作依舊要錢，但帶上愉快，不止是結果，我會停下腳步看看過程裡的美好，價值決定一切。

年輕人肚子第一，應該是對的；過了中年，有了能力，夢想至上，才能不虛此生。

快是忙的代言人，忙到沒空陪家人，沒空花錢，沒空偷閒，沒空做自己。

沒時間？

那是機器？還是人？

快真的不是好事，據說，慢一點，靈魂才跟得上。

《沈從文文集》（香港三聯出版）有段話這麼說的：「人生實在是一本大書，內容複雜，分量沉重，值得翻得個人所能翻到的最後一頁，而且必須慢慢的翻。」

慢慢翻、慢慢想，慢慢的，會有更好的人生解答。

## •替人著想更幸福

科學家富蘭克林被喻為美國的良心，著名的「第十三項德行」眾所周知，一生的行誼讓人驚嘆，他是科學家、哲學家、教育家，更是人格者，寬恕、原諒是他的風格，政敵很少，人生因而添了助力而非阻力了。

良心者古代也有，我因而想起歷史上的一則小故事：

北宋有兩位聞名遐邇的宰相：司馬光與王安石，一個保守派，一個改革派，恰恰是政敵。

司馬光破缸救人一事耳熟能詳，成了流傳千古的美談，真假我也不知，至少書寫者的筆中說他性情溫和，待人寬厚，理循舊法，秉承祖制，主張「無為而治」，言辭有度，謙謙君子是也。

另一位是王安石，聰慧者，從小名傳里巷，他老成持重，年紀輕輕就不苟言笑。少年得志，官運亨通，屬於嚴己律屬的酷吏。

但不修邊幅，經常頭髮蓬亂上朝覲見天子，屬於怪怪一族，皇帝卻很欣賞他，成為當朝宰相，銳意改革，推行著名的「一條鞭」法，想方設法充盈大宋國庫。

性格迥異的兩人最終成了政敵，輪流做宰相，政治主張，相差十萬八千里，廟堂之上，司馬光和王安石是死對頭，彼此都認為對方的執政方針荒謬至極，爭奪權力的過程中，兩人絲毫都不客氣，用各種手段，向對方痛下殺手。

王安石最終勝出，大權在握，皇帝詢問他對司馬光的看法，王安石大加讚賞，稱司馬光為「國之棟樑」，對他的人品、能力、文學造詣都給了很高的評價。

正因為如此，雖然司馬光失去了皇帝的信任，但是並沒有因為大權旁落而陷入悲慘的境地，得以從容地「退出江湖」，吟詩作賦，錦衣玉食。

風水輪流轉，憤世嫉俗的王安石強力推行改革，不僅損及皇親貴冑的利益，也招致地方官員的強烈不滿，朝野一片罵聲，逢朝必有彈劾。

皇帝本來十分信任王安石，怎奈三人成虎，流言多了終於失去耐心，將他就地免職，重新任命司馬光為宰相。

很多人都以為，王安石坑害司馬光丟官，現在皇帝要治他的罪，正是落井下石的好時機。

司馬光卻反過來告訴皇帝，王安石嫉惡如仇，胸懷坦蕩，忠心耿耿，有古君子之風。

看來這兩位都是公益大過私心的造福者，即使意見不同，方法不同，人格不同，但為國著想的熱心是相同的，都是政治家風範。

皇帝聽完之後讚嘆司馬光對王安石的評價，說了一句：「卿等皆君子也！」

謙謙君子！

這四個字讓我聯想極多，我們可以不同意別人的看法，但必須尊重別人有發言的權利，而發言者也要有一定的限制，勿攻詰他人，受人喜歡的，原來不止是才華，甚或不必是才華，而是迷人的善解人意。

台灣的政壇何以時時刻從不間斷的腥風血雨，看來最大的原因可能是少了謙謙君子，嫉惡如仇變身成了「記恨如仇」，私利蓋過公益，盤算掩飾為民著想，貪婪

勝過付出，對於政敵只有壞話，從未聽過美言。

教育改革者，想的不是如何替孩子解憂，有些人是私心，有些人是痴心，有一些人當它是權力了，全少了「替人著想」的風格。

如果懂得替人著想，老師會「言必有據」，字酙句酌，說出的每一句都有義理，那是造福者。

製藥者才會是救人者，否則在藥摻入「工業鎂」，不僅無法緩解，甚至成了要命的毒，就像是閻王了。

醫療者是穿上白袍的天使，少了一顆心，便是有執照的加害者，兩者之間差異天壤。

醬油的熟成有一定的釀製期，利用陽光與發酵，經由煮、乾、拌、長菌與過濾的過程，再入甕，長達九個月的時間錘煉，方可販售，但少了同理心會用化學調合劑，只要一點點時間就可以變成沾醬了。

蘋果汁理論上應是蘋果製的，夏日炎炎，間飲一杯，舒暢快活，但少了良知，工業調劑登場，成了化學西瓜汁、葡萄汁、柳橙汁、楊桃汁，業者把其中一款取名為「哭泣的眼淚」，真的名實相符。

良知不見了，魔心便來了，受害者不止你我，可能是所有的人，輪迴永不止休。

「良心比天才更難得。」

巴爾扎克的這個說法值得深思。

## 魔法種籽：仁的必要

《孟子》早年是無趣的閱讀之一，用來應付考試，而今成了人生風景，「仁」是最有味道的講法。

他在〈盡心篇〉中說：「窮則獨善其身，達則兼善天下。」

孟子點出，懷抱自私小我的人，即使有了大器，未必對社會有益，頂多透過讀書考試，擁有成就，坐享財富，得一人之尊寵了，這是小我。

真正的才華應該是利用這個上天給予的，無有重複，得天獨厚的財富，做些造福人群的事，才不會枉費天賦。

民為貴，社稷次之，君為輕。是故得乎丘民而為天子，得乎天子而為諸侯，得乎諸侯為大夫。

這套仁德之說，用於政治，治國者會是政治家，而非政客，那是全民之福，行仁政：「鄉田同井，出入相友，守望相助，疾病相扶持，則百姓親睦。」

畫面如詩，多美啊。

有權力者如果只日日夜夜想著積累私人財富，國家經濟必場。

孟子認為仁政的夥伴是禮法，「徒善不足以為政，徒法不能以自行」，治國要如同圓規、曲尺、墨線那樣有規範人們行為的作用。

禮法與仁德兼備者會用天賦的才華做些利益眾生的事，那是大我。

## ・知音的必要

**把痛苦告訴知心朋友，痛苦就會減掉一半；把快樂與你的朋友分享，快樂就會一分為二。友誼的作用就是這麼神奇！**

這是培根的名言，怪不得心理學家迪尼主張，人的一生之中，需要一個知音、三個好友！

友直、友諒、友多聞，是古人說的，課本寫的，我一度以為是老學究的話語，只用在考試這件事上，成長讓我發現，好朋友真的可以帶人上天堂，多聞者有如一本擺在身旁的好辭典一般。

友諒者像心理醫生，心情有事，他會很開心的靠過來，給人慰藉，或如聽者，讓我們淘淘不絕的宣洩。我的藏書樓裡有一壽山石的方章，石質不佳，但卻記錄著一段不凡且值得深思的故事：兩位在航程認識的萍水相逢的朋友，由於談得來，在寂寥的海上旅程中無所不聊結成莫逆，下船各分東西之前，其中一位擅長治印的人，刻了一方印章贈之，邊款上寫了幾行字，其中兩句是：人生得一知己，夫復何求。

它是我花錢從跳蚤市集買來，把玩時意外看見的一段奇遇；知音難尋且可帶來幸福，少了這些人，我的人生應該會缺一大塊，我喜歡山，青翠的綠，但因忙而遺忘，若不是愛山友人提點，一次再次的引我入門，人生也許便只剩來去之間的兩站。

「皇帝殿」是我的後花園了，真正認識這個曼妙地景的是好朋友，他讓我重新撫觸海拔只有五九三的這座陡峭郊山的人生肌理，一邊欣賞視野極佳的風景，站在稜線上俯瞰壯闊無限的延展。

岩石上鑲嵌著滄海桑田的歷史，山原是海，這是數十或者數百萬年前的事，告訴我們宇宙是一套變的哲學；地殼變動後褶曲傾斜成陡立的險峻崖坡，大自然的風刀霜劍，造就奇異的斷崖絕壁，裸露的稜岩，刀削斧劈、稜角分明。

山的身世讓我理解堅毅與執著，告訴我夢想這件事，原在盡頭處，一直走一直走的遠方，會到的。

友人並非森林、園藝或者植物的科班出身，但因為喜歡，一直前行，從不懂到懂，以至通透，很多雜誌社都愛委託他採訪高山裡的生態與植物，他的博學引動成了我演說教育時的舉例，興趣是王道。

「做你會的，全力以赴」，是我從友人身上看見的專業魔法。

兩個鋒帶之間的晴陽天，開車直上，在平溪國中右切進到登山口，慈母峰的稜岩陡直，七十度向天，看似危險，但有柱索並不難行。依坐裸岩，眺望村落山景，真的美不勝收。

孝子山另立一旁，尖聳的峰頂，宛若黃山，因而有「小黃山」之名。

兩峰其實都是一大粒的巨岩，一級級的石階梯是硬生生被人工鑿出來，據說是一位長者，花了數年的時間開立而成，中間是普陀山，只闢了一小段老先生便往生了，留下大功未成身先死的遺憾。

嘖嘖稱奇的高難度工程，告訴我：有志者事竟成吧。

溯溪是我夏日炎炎的必要，偷閒移往水邊，凝望這處掉落紅塵的透亮水鏡；從城市到荒野，彷彿由紅塵內到了紅塵之外，車水馬龍化身成了逍遙自在，寧謐安詳，我在此短暫修行！

三十八攝氏溫度進到山林，水溫剩十八度，森林原來是天然冷氣機，如果城市是一大片森林，城市還需會製造溫室效應的冷氣嗎？

這疑問好！

森林是水庫，儲備了人類的需要，但貪婪把森林的樹砍了，再大聲嚷嚷缺水了，之後再砍伐林子建一座水庫，殺雞取卵的蠢行徑，矛盾之間藏的是慾望，貪婪者與獲利者使之惡性循環，浩劫不斷。

水質清澈的溪水是可以生飲的，尤其人煙罕至的源頭，滴滴潺潺的水滴經由礦石沉澱過濾，流淌而出，甘甜如礦泉水，人為的汙染倒進河中，水質變了，我們得花更多的金錢淨化，人啊，其實是地球的最大災難、我們是自我毀滅的。

我愛海，東北角龍洞海岬灣的熱帶魚是夥伴，放慢速度，用眼中的透視鏡，悠游自在的搜尋海中的美好事物。海不止是海，它是我的心理醫生。

我非常喜歡柯爾律治的這句名言：「友誼是一棵可以庇蔭的樹。」

是的，這些曼妙美好的人生哲學，都是朋友帶我領略的，闔上眼想一想，你有這樣的人生友嗎？

## 魔法種籽：益友的必要

朋友可以幫你上天堂，也可能拉你下地獄。

繪本出版生意做得不錯的朋友，本本暢銷，在業界與消費者的心中很有口碑，但壞朋友牽線，請他轉投資「不專業」的行業，千金散盡還不來，不僅副業收了，欠下巨款，還影響本業，最終岌岌可危。

壓死這隻駱駝的最後一根稻草是賭博，也是損友帶去的，人生彷彿三溫暖，天堂到地獄，只有一瞬間。

斷斷續續聽到他的消息大約只剩兩種：一再向友人借錢，為一頓飯朋友多半會給，但後來得知拿來翻本，便拒接了；要不就是四處流竄躲藏逃避債權人，人生如是，真的苦不堪言。

我結交的則是好友，把我從地獄帶去人間天堂，那一年，轉換跑道，待業了半年，心情是沉甸甸的，很多事全提不勁，好友的邀約不止五次十回被我拒絕，還是一直來電，要我外出散心；爬山、溯溪、浮潛花樣百出吸引我，終於應合跟他們去東北角龍峒岬角浮潛，戴上吸呼管，著防寒衣，穿著蛙鞋，在緩流處悠游，與斑斕的熱帶魚共游一個上午，那幅美好的畫面，至今難忘。

好友婚姻觸礁，一群人怕出意外，輪流陪他哭、陪他笑、陪他叫，還有人陪他睡，這就是好朋友。

英國詩人赫巴德說：「一個不是我們有所求的朋友，才是真正的朋友。」我想也應該如是吧。

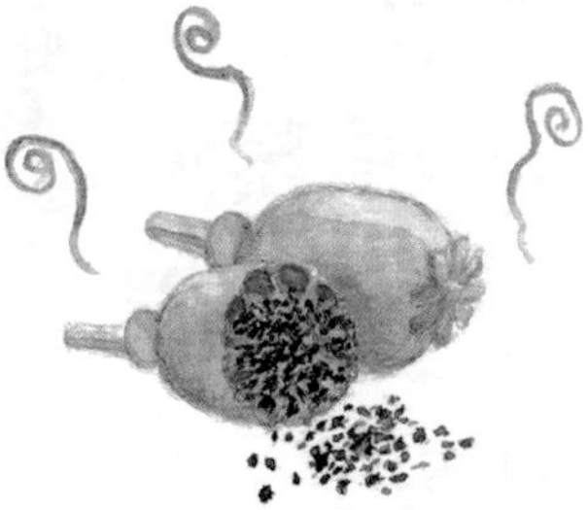

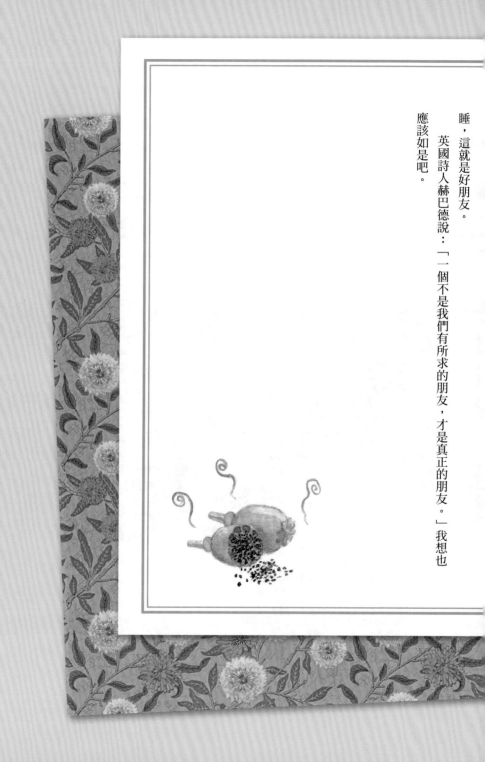

## • 傻瓜的幸福哲學

「五味屋」是心理學家余德慧老師與顧瑜君教授的夢築，隱在壽豐的小驛站。「兩個傻瓜」的故事要從二〇〇八年夏天開始說起，火車站前有棟七十多年歷史的日式風鼓斗建築，面臨拆除，各方決心承租保留作為歷史見證。後續如何利用成了難題，因而找上東華大學教授顧瑜君商量幫忙，定出「照顧社區青少兒童老屋變成二手商店」的基調，經營二手貨品，取名「五味屋」，暗指嚐遍人生五種滋味，事後證明過程的確酸甜苦辣鹹五味雜陳。

「五味屋」表面上是銷售二手雜貨的鋪子，但更大的意義是別具創意的青少年活動中心。

拜訪的當日，正好善心人寄來了物資，孩子喜孜孜打開它，熟練的分類，再整理、標價、上架，這些全是課本內沒有的學習，拓展視野，了解物品如何製造？如何送到這裡來？原使用者是誰？其生活怎麼過？為何不要了？看到這些東西，羨慕、辛酸嗎？

這便是人生五味！

眼中的「五味屋」不是一家店，而是一個「關係」站，捐贈者、買物者、換物者、參觀者、關心者，透過它建立關係，成了夥伴，那一天的中午，我與孩子一起用了一頓愉悅的午餐。

這裡可以賒帳，日後償還。銀貨兩訖不是通行證，「倒店」危機一直存在，但他們依舊堅持傻瓜的理想。

二〇一三年起還辦起了有趣的「假日二手市集」，提供孩子們在不同的場域多元學習的機會，傻瓜不計毀譽後果，埋頭苦幹，往陽光的方向前進。

拜訪五味屋其實還藏了另一個目的，尋找心理學家余德慧老師的影子，流連沉思，把過去的事從潛意識擠一些出來。

他是我的老師兼好友，教我必修課：「動機與情緒」，小余這個稱呼是後來在《張老師月刊》寫專欄，熟識後的稱呼。

他的課很有味道，不照本宣科，要求學生準備報告內容，說出心得；我的報告在他看來應該很特別，跟他一樣不喜歡照著課本，多半是吸收消化找出活生生的例子對應舉隅，用自己的話說話，很有思路。依他的說法：我們很對味，說我是很特別的學生，有腦袋的。

余老師應該不知道這句話對我的影響，成了人生的一盞明燈。

我們有幾回相約都沒成事，最後一次是我答應到東華大學演講，想順道去探望他了，可惜臨時被統籌的主辦單位調去台東大學代打，就這樣轉身成了遺憾，一別千古，再遇見便是臉書中的遺照了。

他一直都是傻瓜，教我們時還是博班生，授課應該沒什麼好的待遇，鐘點費用不高，但他看重的是經驗的積累與教學的樂趣，張老師月刊的顧問，可能也不會得太多錢，但他做得很起勁，求的絕不是財富，而是開心。

我在職場服務的那些年，常有學生實習，多半是來混學分的，遲到早退，態度不佳，雖說我從不給人打低分，但高分也實在給不下去，其中一位很特別，大小事全包，廁所他掃，最後收尾關燈。

實習結束，他返校，離行前，我們半開玩笑約他：畢業來上班。

傻瓜真的來了，我們真的錄用。

關鍵就在他有著傻瓜一樣的精神。

韓國媽媽在大學附近開餐館，門庭若市，生意興隆的祕訣是：「把別人的孩子當自己的！」

「不怕人吃，但怕人不來。」

賺少卻很值得。

推廣海洋保育的年輕人，拉著他的夢想車，希望每天到一所學校講夢！

我算過，台灣的二萬七千所學校完全走透透，即使每天到一所也要七、八年，生活費從哪來？

不知！

他是顏回吧。

他們都不是斤斤計較的人，所以更幸福；太計較了，心量小了，反而不快樂了。

如同呆頭鵝的傻瓜其實並不傻，有如金庸小說筆下的周伯通，大智若愚反而開心，做一些能做該做的事，因而得到讚美，點亮別人的人生心燈。

這些年我開辦一間有如私塾性質的幸福學堂，定期有些課，從招生到課程設計不假他手，的確辛苦，一度打了退堂鼓，不想再辦了，推著我前行的動力叫夢想，收費得了錢，扣除開銷後的盈餘，捐了出去便可以從事更有意義的事。

甚至相信，那可能是我最可以釋放藏在腦子裡的哲理的方式了，載運了起承轉合，也許一個提點便多了一位開悟者，幫他們撥開人生迷霧，如此想來，雖累亦值。

「若真心助人，自己也必定會獲得他人的幫助。這是人生最美的報酬。」

我因而更理解愛默生說這句話的意義了。

# 魔法種籽：捨會是得

《這一生，至少當一次傻瓜》（圓神出版）這本書是兒子買給自己的禮物，後來成了我的床頭書，次次回回讓我沉思不已，我從書中看見木村阿公的勇氣及意志力，食安問題層出不窮之後我更意識到，人類只是大自然的一環，無論科技多麼先進，人類生存始終無法脫離大自然。

古諺說：「夢想不難，成真很難！」

木村爺爺的實踐卻告訴我們：「夢想很難，成真不難」，憑藉的是一步一腳印的傻瓜精神，世上就沒有不可能的事。

一步不遠，但一千個一步則不近了。

執著讓他發現栽培無農藥蘋果的關鍵，瞭解到大自然中，沒有生命是孤立的，相生相剋自有道理，他不用農藥、不施肥，因而栽出香甜可口，一顆保存了兩年、已經切成兩半的蘋果居然不會爛的奇蹟蘋果。

這是一本讓人感動的書，證實成功未必靠著過人的才智，傲人的學位，而是勤奮與堅持，三人行必有我師焉！

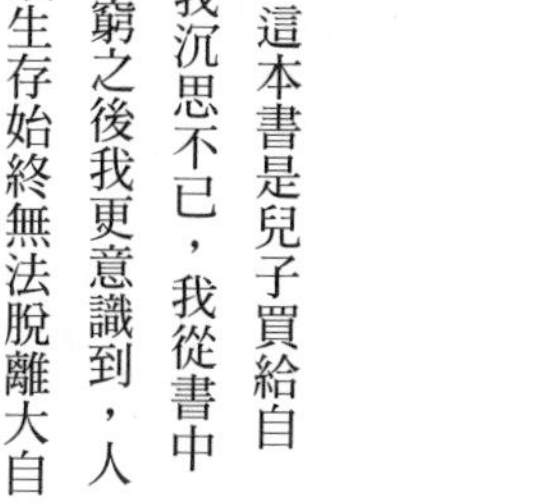

## • 不要遺憾

九十三歲高齡的媽媽生病之後，在醫院待了一段時間，我來回在家與醫院之間遊盪，疲憊全寫滿臉上，生死關卡如此之近，彷彿上了一堂沒有課本但課程密集的人生課，生老病死瞬間滑過。

別離成了近距離的愁緒，媽媽這個稱謂很有可能在短期內消失，從我口中的動詞變成了名詞，這是珍貴的反思，很多的事情因而浮了上來，心想萬一媽媽撒手人寰：

後悔什麼？

會不會有何遺憾？

有什麼事該做沒做？

有何話該說沒說？

我因而想起日本名導演是枝裕和拍攝《橫山家之味》的小故事他曾因為忙，與相隔兩地的媽媽，相約在東京用餐，次次回回相遇分手，等待下一次。

某次用完膳，依慣例他送她到車站搭車，揮手再見，突兀的有了壞念頭，萬一不見怎麼辦？

沒多久媽媽真的往生，而他好生遺憾，於是油然而生想拍一部親情倫理片的念頭，告知現代人，功名利祿比不上陪伴父母來得重要。人生之中不該有任何理由讓美好的事遲到。

電影中他把這樣的思緒夾雜擺放入鏡，他慣常用揪心結局，主角阿部寬捧著花走向墳地，低首默語，彷彿告解的幾分鐘，如同一輩子，他有很多話想說，但來不及，希望人生重來，卻回不來了，應該很後悔，可惜無濟於事。

這是我在電影畫面上讀到的，一如詩人余光中老師的鄉愁，它是一張小小的郵票，媽媽在那頭，我在這頭，最後滑降轉折，鄉愁是一方矮矮的墳墓，媽媽在裡頭，我在外頭了。

故事隱伏的哲理太錐心了，到頭來我們都會懂，只怕懂得太慢，所以要早一點知道這些道理，把握住了，富蘭克林相信：一個今天勝過兩個明天。

家有一老如有一寶，不能只把它當成口誦的格言，該是一種實踐；父親花了很多心思，比平常人更努力才讓我進了大學讀書，讓埋怨便徹底從辭典裡消失了，我不再只是父親的兒子，而是他的夥伴朋友。

讀大學時我有足夠的智識明白一些哲理，知道父親的一切是由他的父親我的爺爺創造的，生命印記裡的是是非非，我應該同理而非責怪，他的流行音樂並不是信、蘇打綠、叮噹、阿林、那英，或者周杰倫，而是歌仔戲，最愛的一齣叫做「陳三五娘」，在他的年代它是流行而非落伍。

他對愛的表達是笨拙的，源於根本無人教之，他的親子行囊之中沒有相對應的話語，他的用心只是我們未及時明白了，天雨脫下衣服罩在我的身上，分明是愛，下雨天要我先回家免得淋雨，而他自己仍在田裡農作，當然還是愛，豔陽天他命我在陰涼處休息，如果感覺不到那是愛，便是我們有問題，而非他了。

Sep, 1975
Sep, 2015

我的零用錢向來不多，現在明白其間的用心良苦，那是價值觀的傳遞，錢不是多多益善，求多就得多付出時間，可是一天是二十四小時，用光了就沒有了，包括沒有時間用它，那麼努力掙來的錢算什麼？花用很少，便有可能即使收入不多，依舊活得快活，不至於如同陀螺一樣，悶著頭打轉。

不必一直工作賺錢，才有可能時時停下忙亂的腳步，陪陪家人，打造親情，銘印關係，即使有一天遠行，也才不至於塞滿遺憾。

人生最珍貴的作品是情感，但它是一種投資，必須擺入親情銀行裡，有一天，才能生出利息，快意提領。

八十三歲的孩子背著一百零五歲的媽媽，並且餵她吃飯，這個畫面多麼動人心肺，有人問兒子何以這樣做？

他答得淡然：「以前她這麼做，現在只是換我而已。」

好簡單的一句話，深意藏在其中，我想了好久！

應該如同歌德的見解吧：

**你若要喜愛這種價值，便已替世界創造了價值。**

# 魔法種籽：親情的幸福

因為電話，信箋少了；因為忙碌，對話少了；因為財富，時間少了；因為競爭，悠閒少了；因為應酬，親情少了……

瑞典有句俗諺說：「我們常老得太快，但聰明太遲！」

的確呀，這件事的哲理不難，應該提早知道，可是偏偏多半到了老了才明白自己真的老了，而後悔莫及；孩子會展翅高飛，維繫的線是親情，不是成就，我們也是很晚明白的；自己的身體自己調理，最不可靠是醫生，這些事多半是病了才懂；錢沒那麼偉大，可以換到房子、車子、金子，但換不了健康、快樂、幸福與命，就是會懂卻又太慢；早一點點聰明，也許很多事是可以避免的。

《深情》與《天倫》（時報出版）是兩本我的親情倫理作品，很多故事是旅程聽來的：

在馬來西亞怡保小鎮的餐廳偶遇一位九十多歲的老爺爺，天天風塵僕僕在固定的一家港式料理店用餐，只因為找一些熟人說說話，至於兒女呢？他嘆了一口氣，說故事像長長的一匹布，說不完的。

工作順利有所成就的大兒子跑得遠遠的，幾年見一次，留在家的，笨笨的，照顧不了他，反而需要被他照顧。

他的故事夾雜著長吁短嘆說完，我聽出一疊哀愁。

房子過戶給兒子之後的父親，再回去老家探望兒孫，並且小住幾天，臨開前媳婦向他索討住宿費，笑話嗎？卻是實話。

親情很難用錢計量，失之，不幸，得之，才是幸福。

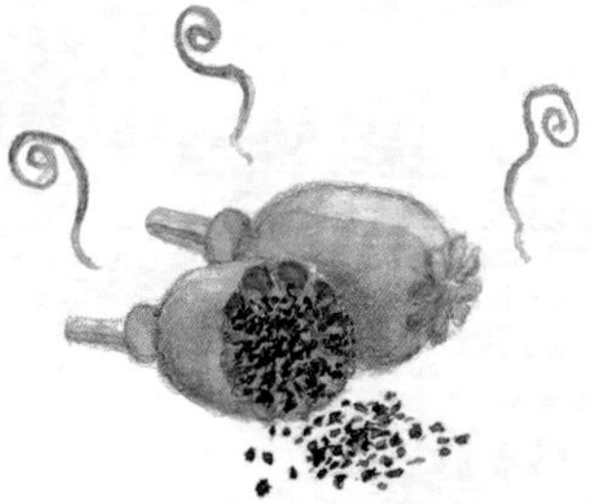

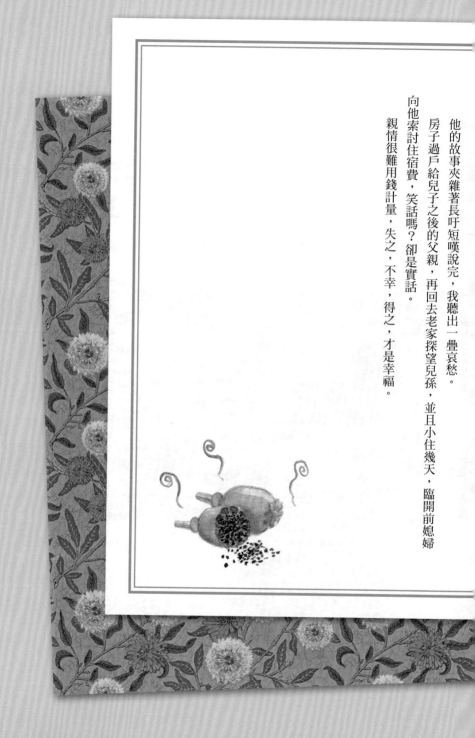

## •平凡才是幸福

頭銜是他人給的，那不重要，自己才是關鍵。

這是知識分子陳丹青舉重若輕的一段話，短短一語，在我心中撩撥了一個清晨！

人生原本很難，我們卻老愛假設有一條容易的路，欺瞞自己，並且朝那個前進。演講的關係，讓我四處遊走認識一些或者巧遇一些人，他們行業不同，有做假牙的、種花生的、賣粽子的，卻都有共同的成功語言：工作沒有不難的，與其想怎麼做更簡單，不如老實幹。

他們還說：別什麼都要，剛剛好最好，那才是品質的保證，他人喜歡的理由。

哇哇，受教了。

我們應該都上了「功成名就」的當了，在名、利、權、位上不停打轉，直到終老，監獄是有形的，囚禁了人的身體，但貪求則是無形的，奴役了人的心靈，但卻完全失去自我。

名位與付出永遠是對價關係，想得多少相應的付出也要有多少？如此一來，一個假面的虛名浮利便可能操持一生了！

平凡未必平凡，如同失未必是失一樣，也許是得，人一旦為名位服務，便很容易掉進了「權坑」，五百人認得之後想要一千，之後是五萬、十萬人，最後一定是邪魔歪道，想一脫成名的，幾乎每一次的奧斯卡之類的大型影展都會出現這些抄小路的人。

逛街時希望有人認得出來，五個、十個、一百個，或者更多，到了有一天真的大家都認得時，便得化妝戴上鴨舌帽外出了。旅行不方便，工作不方便，餐飲不方便，看電影不方便，連戀愛結婚統統不方便。

這是迷失！

〈以弗所書〉第五章第十六節提醒我們：

要愛惜光陰，因為現今的世代邪惡。

所謂「邪惡」就是有太多不當的誘惑，最大的一樁當是權與錢吧。

我犯過錯，一天上三個節目，包括電視與廣播，手上五個專欄，一直有出版社來預約稿子，忙得像陀螺，更慘的是，我不懂得拒絕，錢是有了，但沒有時間，少了花錢的「時間」，錢還算錢嗎？

有一回，加油後簽字付款時，隔壁車道一位陌生男士低聲喊了一句：「游乾桂。」

我本能轉過了頭，誰？我們認識嗎？我定睛看了他一眼，沒印象，但依舊禮貌性的跟他點頭微笑，我猜想是讀者，他也微笑示意，再度開了口對加油員說：「油錢真貴厚！」

哇哇，誤會、誤會，我尷尬一笑，揮手道別。

看來虛妄的頭銜真是迷惑人！

「沈從文是誰？」

這位心目中的大師依舊敵不過時間的淘洗，有一天連大學生都忘了他，看來任何一位大師名人，都會淡出的，一味的追求恐怕只會讓真實的人生變了調。

父親與我便是一個明顯對比，他住宜蘭，我來台北，他是農夫，相較於他我算知識分子，他沒有很多錢，我比他有錢，他只有村子裡的人識得，我有很多人認識，按理說我比他好多了，但事實上，他的一生清閒，多出來的錢樂於布施窮人，且很有味道，我與之相反，在覺醒之前忙得要死。

童年所住的三合院是他出道不到五年就買好了的房子，我的第一棟屋卻得貸款二十年，他的夜屬於涼風徐徐的，我的夜一度屬於電腦電視的，在俗事間打滾，他成天掛著笑意，我難掩一抹憂愁。

「決定與被決定」是的兩個必然選項。

名位權勢等紅塵俗事牽擾，讓我們淪為瞎忙者，多數成了「被決定者」，只有少數人急流勇退。

三十八歲決定離開忙碌不堪的職場，淡出以電視台、電台為家的媒體生活，用自己的方式前行，現在想來真是先知。

為何要有名？

這是我當年的想法，現在更具體了，出名或者出色，出名很簡單，有人一脫成名，賣雞排成名，泛舟成名，但若未一步一腳印充電終是虛名，如同如花、惠慈、二百五一樣被歲月淘汰，出色者就不在乎這些虛名了，也許未必有很多人識得，但他卻活得快意自在。

一輩子，八十歲算高壽，只有四千一百六十周，二萬九千二百多天，七十多萬小時，它是減法，過一天少一天，人生最精彩的大約只有三十年，大約是三十歲到六十歲，我們卻只用它來工作賺錢忙於紅塵，忘了人生最重要的是「生活」。

錢是媒介，它可以換到的全是小事，換不到的才是大事，一定換不到的則是大事不妙了。

福特的玩笑話：

**別把人生看得嚴肅了，裝滿太多的功名利祿，因為我們不會活著離開。**

# 魔法種籽：夢想的方程式

晨起微風中，我翻開一本好書：《逆境起司的滋味》（好人出版），隨著文字鋪陳的劇情，我的心也隨之起伏擺盪。

二〇〇四年「櫻」的起司贏得世界起司冠軍，結果不僅跌破眾人的眼鏡，更在起司發源地的歐洲引起不小的震撼，製作者是一群社會邊緣人，有身心障者、拒學者、宅人、累犯，他們共居過農業生活，但因不懂行銷以致赤字累累，最後共同下決心發展出一款好吃的起司跨越逆境。

這個地方叫「共働學舍」，是由宮嶋真一郎先生創辦的一座農場，位於北海道，擁有美麗白樺木、地面開滿各色花朵、牛群在草原上悠閒踱步吃草。

他對社會只重視經濟發展、追求物質文明的大環境深感憂心，家庭和學校只注重培養擅長在社會競爭的孩子，而忽視那些笨拙、不得要領又沒效率的小孩。這樣的教育體制很難培養出感情豐富、尊重他人、與他人協力共生的善心之人，只會教出許多看重自身名利和浮華處世者。

他決心創造一個場所，改變這樣的社會。二十多年來，在沒水沒電的地方養牛，住在廢棄的工廠裡，用低價牛奶維生，但終究無法應付這些開支，於是動了製作起司的念頭。

他們在眾人不看好，沒有口碑，沒有宣傳，起司根本無法販售出，加上為了建立自己的工廠，銀行貸款背負巨債，種種事情都沒有難倒他們，這些社會裡最沒競爭力的人，化不可能成了可能，得獎的謝詞中最動人的一句是：沒有菁英才能拿冠軍！

一路艱辛的這群人讓我想及：原來夢想只是一直走一直走一直走就會到的地方。

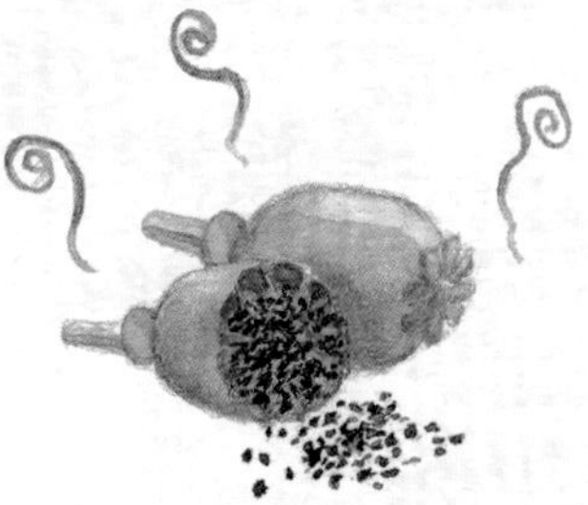

## ‧夢想的高度

聖母峰是悲劇，歷年來葬身在這聖山的登山家早逾二三百人。

它也是喜劇，插上圖騰，拍下照片的一瞬間，登山家熱淚盈眶，彷彿得勝者，人生留下美好的印記。

高是難爬的理由之一吧，八千八百四十八公尺是一個連呼吸都有難度的地方，雪巴人天生適應高海拔，大多數西方人過了七千公尺就得開始使用氧氣瓶，這個高度以上，雪巴人是世界最一流的登山者，強健、矯捷、體能好。

地球第一高峰終年積雪，氣溫奇低，壓力劇變則是另一個困難點，尤其有死亡之谷稱號的「坤布冰瀑」，死神一直在此召喚登山者。

「這基本上就像在玩俄羅斯輪盤。」

這是登山者的共同想法：「根本無處可跑、無處可躲。」

我在關於聖母峰的資料裡讀到「人生相對論」，想得到更多的肯定，超越自己的極限，登頂插旗的同時，死神也在一旁守株待兔，十步之內必有風險。

輝煌的登頂史從一九二一年開始書寫，死亡史則在一九二四年便登場了：

一九二一年，第一支英國登山隊在查爾斯．霍華德．伯里中校的率領下開始攀登聖母峰，到達海拔七千公尺處。

一九二二年，第二支英國登山隊使用供氧裝置到達海拔八千三百二十公尺處。

一九二四年，第三支英國登山隊攀登聖母峰時，喬治．馬洛里和安德魯．歐文在使用供氧裝置登頂過程中失蹤，馬洛里的遺體於一九九九年在海拔八千一百五十公尺處被發現。

一九五三年，來自紐西蘭的三十四歲英國登山隊隊員艾德蒙．希拉蕊與三十九歲的尼泊爾嚮導丹增．諾蓋是紀錄上第一個登頂成功的登山隊伍。

華人首次登上聖母峰是在一九六九年，分別為王富洲、貢布、屈銀華。此次攀登也是首次從北坡攀登成功。

日本人田部井淳子在一九七五年成為世界上首位從南坡登上聖母峰的女性。第一位未帶氧氣登頂的是奧地利人彼得・哈貝爾和義大利人萊茵霍爾德・梅斯納爾。

吳錦雄是第一位登頂的台灣人，但在身體四肢上做了犧牲，截肢了，爾後有拾方方登上聖母峰，但在下撤途中遇上暴風雪而失蹤。

一九九六年，包括著名登山家羅布・哈爾和史考特・費雪在內的十五名登山者在登頂過程中犧牲，是史上攀登聖母峰犧牲人數最多的一年。

美國《戶外》雜誌記者強・克拉庫爾幸運逃過一劫，將親身經歷寫成《巔峰》（Into Thin Air）一書。台灣登山家高銘和死裡逃生，寫下《九死一生》一書。

二〇〇六年五月，十九歲的英國探險家 James Hooper 和 Rob Gauntlett 從北側成功攀上山峰，並成為全英國最年輕的聖母峰登頂者。

二〇一二年五月十九日，來自日本山梨縣的七十三歲女登山家渡邊玉枝於當

地時間上午七時成功登上聖母峰，成為年齡最高的女性登頂者。

二〇一五年尼泊爾強震引來雪崩，很多登山家永眠雪地。

登山家與殉山人彷彿一體兩面相隨，同時存在。我不是登山家，很難理解登山者的心態，是不是人人的心中都藏著赫塞的格言：「有勇氣承擔命運這才是英雄好漢。」或是卡內基的信徒，認為人生本身就是一場冒險：「走得最遠的人，常是願意去做，並願意去冒險的人。」

與他們比起來，我的登高望遠便顯得很寒酸了，就在宜蘭大溪海拔標誌的高度只有四百一十一公尺，它叫鷹石尖，是一處絕美的祕境，與聖母峰比起來便不算是山了，但依舊藏了風險，山野小徑綠意盎然，蝶影幢幢，鳥聲低鳴，嘶蟬狂叫，宛如侏羅紀公園。

登上峰頂，站在其嘴如鷹的巨岩前，頓時壯闊，水天一色，綿延無垠；美景如詩，大溪漁港近在咫尺，宛如一弦彎月的是蜜月灣，再往前是龜山島，躺在深邃的太平洋之中。

鷹石尖巨岩前有一欄杆圍著，告知遊客再往前便是危機，正因為如此，反而更有吸引力，常有人跨越，如蝸牛一般一寸寸蠕動身體，緩緩站起，用鷹的姿勢拍照，很多人因為一不小心便留下千古之憾了，每年或者每幾年都有人因而葬生。

風險藏在細節裡，人生亦復如是，危機四伏但多數可以避免！

追夢是人的基因，但我喜歡踏實有味去除很多風險的追夢人！

後藤和文是研究長毛象的古生物家，高齡八十多歲的他在西伯利亞已待上半生了，一直在尋找基因，等待長毛大象的復育與重生，記者問他何以如此執著，他說因為那是一輩子的夢想。

三國時的吳國有位將領叫呂蒙，戰場上英勇退敵，但多半使用力氣和勇氣而沒有計謀，吳王要呂蒙讀點書，因而發奮，後來不僅可以擬定作戰方案而且見解獨特，這便是成語「吳下阿蒙」的由來了。

美國老人哈里．萊伯曼八十歲才第一次擺弄起畫筆和顏料。

四年後，老人的作品便吸引收藏家購買，美國藝術史學家斯蒂芬評論他是：帶著原始眼光的夏卡爾。

萊伯曼一〇一歲開了畫展，致詞時說：「不要總去想還能活幾年，而是想還能做些什麼。著手幹些事，這才是生活！」

蘇格蘭的珍妮阿嬤高齡八十一歲，有十二個孫子，還有四個曾孫，參加選秀節目，渾厚高亢嗓音，一開口就驚豔四座，果然感動現場觀眾和評審，紛紛起立鼓掌。

她說她不是來舞台上發光發亮的，而是想讓人看到：追尋夢想，永遠不嫌晚。

蕭伯納說：

**人生有兩個悲劇，萬念俱灰是其一，躊躇滿志則是另一個。**

夢想是喜劇，它不包括失去生命，在決心追夢之前，無論高山或者小丘，都得做好萬全準備。

## 魔法種籽：人生的基本功

即使人生裡的風險處處，勇於發想、作夢，才會有機會，即使未必因而名利雙收，也會得到圓夢的快樂。

電影《侏羅紀公園》描述一位億萬富翁，僱用古生物學家和其他幾名專家，為他復活恐龍公園。

片中設計這樣的橋段：

找到恐龍時代的樹脂形成的化石——琥珀，其中一些碎片含有保存完好的蚊子，找到恐龍靜脈血液的蚊子，萃取DNA，植入雞蛋孵育。

科幻情節安排得十分巧妙，現實可能性極低，但夢想家便會利用一個小小的，「幾乎」不可能的事變成可能！

「複製」長毛象，也是世界古生物家的共同夢想之一了，為了讓長毛象重現人間，科學家從北極永凍土掘出長毛象，找出基因，美國哈佛大學科學家成功複製十四組長毛象基因，功能正常，夢想往前了一大步。

我喜歡別林斯基的想法：「少了夢想，就達不到目的；缺乏勇敢，就得不到智慧。」

如何追夢？

我推薦兩本書：

威爾森所寫的《給青年科學家的一封信》（聯經出版），他是當代最重要的昆蟲學家、生物學家與作家，蟻類研究享譽全球。

潘冀的《人生基本功》（圓神出版），這位從五十四歲起得獎無數的建築大師，最被讚譽的不是建築設計，而是對環境的堅持，相信「正當」的力量才是人生的王道，它非惡戰，而是追夢。

更重要的是，他堅信追夢者必須做好最基礎的「基本功」。

## •閱覽人生大書

即使俄國作家烏申斯基強調：「書籍是人類思想的寶庫。」但是書還是只能記載小事，真正的大事全寫進人生裡！

「經驗」與「閱歷」才是智慧的真正所在。

失敗令人愁苦，讓人難過，但並非一無是處，它是經驗的最大來源，跌倒了爬了起來，找到的便是處理問題的能力。

行萬里路勝過讀萬卷書果真有其道理，身旁風情積累出來的閱歷，是一步一腳印的堆疊，不是朗朗讀書聲裡，被告知長江多高？黃河多長？世界最深的海溝等等小知識所能填補出來的丘壑。

強聞博記不是求知的好方法，它是死東西，頂多叫做常識，想把它化約成了可用的知識，就得用腳來勘察、考據與核實。

有些學校替學生設計一套自稱完美的領導學程，本意良善，但召募五十萬元當成登南湖大山的經費一事則引來非議，正反雙方看來都沒有講出真正的核心所在。

登山的巨款開銷多半在「價值觀」上下錯注解，凡事只用錢思考的慣性，未來真的當上總統，成了國家領導人，可能會是下一個不食人間煙火的晉惠帝。

自己的人生歷練的錢是向企業募款得來，會不會成為另一種綁票性質的對價關係：你投資我，未來我服務你；因為企業捐款某種印象是「節稅」，要錢與給錢的馬上成為「夥伴關係」，用它一買再買登山裝備，也是匪夷所思的事。

價值觀一詞讓我思考了「收入與消費」的關係！

我們習慣的收入主義，工作賺錢，愈多愈好，忘了投資的比例原則，比如說想得到多少的同時，可有想過自己付出多少？這是相應關係，得多必定忙，甚至沒有空做美好的事。

得多花費大也是無濟於事的，那會瞎忙一場。

這個年代慾望需要「減」法，而非「加」法，得少用少其實沒差，如果得多用少多出來的錢做了好事便是善。

我手作一批批唯美的漂流木作品義賣，再用它買了繪本寄到山地部落，成就一種美妙的輪迴。

有了同理心，兼備「人與仁」，會是好作家。

很多事是教不來的！

它是失敗的經驗與深廣的人生閱歷加總起來的智慧結晶，烘焙一個人其實沒有捷徑：時間是魔法，慢工是條件，等待是哲學。

人生經驗是必要的，但必須是真實人生，腳的旅程則是輔具，勝過讀破萬卷書，少了它也許很多事情都不會發生的

偷閒流連，隨性而遊，而今成了我的生活習慣，邂逅之中偶爾得到了開釋與開悟，挑揀出生命的意義，成為作品的橋樑。

我的旅行有兩種必備：一是書，二是筆記本，停下便閱讀，或者沿途筆錄下眼前一閃即逝的美景、碰撞與火花。

各行各業的成就者，在我查閱的資料中皆發現共通一事，「旅行」幾乎成了充

電的必要，他們經由腳的踩踏，眼的觀察，心的提煉，得出開悟與哲思。

安藤忠雄不止一次告訴他的喜好者，眼睛的流覽與腳的踩踏之間的閱覽，讓他因而盡覽各國不同風格的建築，塑造出眼界的新高度，成就大師的經典位置。

徐霞客跋涉荒野，露宿山林。足跡遍歷北京、河北、山東、河南、江蘇、浙江、福建、山西、江西、湖南、廣西、雲南、貴州等十六省，所到之處，探幽尋祕，把觀察到的各種現象、人文、地理、動植物等狀況筆記下來。

他對石灰岩地貌（喀斯特地貌、巖溶地貌）進行了深刻的研究和記錄，包括溶洞分布、石鐘乳、石筍、溶溝、石芽、石樑成因都有詳細的考釋，是舉世第一人。同時對長江源頭作了考察，糾正了古代文獻對「岷山導江」的錯誤論斷。被公認是全世界最偉大的地理學者，在那個地理學知識貧乏，文獻少有載錄鐘乳石岩的年代，如果少了旅行踏勘，他的遊記地理學必不可成。

孔子的周遊列國在某種意象上也是壯遊，考察風土民情，向國王提出利於人民的方略，孔子宣傳的一套恢復周朝初年禮樂制度的主張，當然沒有人接受，但他仍很執著的一路走過衛國、曹國、宋國、鄭國、陳國、蔡國、楚國，這些國家的國君都沒有用他。

孔子在列國奔波了七八年，碰了許多釘子，年紀也老了。末了，他還是回到魯國，把精力放到整理古代文化典籍和教育學生上面。旅程中的好處被孔子用在整理了幾種重要的古代文化典籍上，例如《詩經》、《尚書》、《春秋》。

唐朝的壯遊盛極一時，僧人玄奘到天竺（印度）取經，就是古今中外最知名的壯遊之一，除了李白之外，王維也都經歷過一場場壯遊。

蔣勳指出：「李白的詩有一種豪邁，有一種氣度，它不是書房裡的詩。」是的，它屬於田野的！

杜甫的愛旅行在史上是出了名的，寫下了經典名作胸懷壯闊的「壯遊詩」，唐玄宗開元十九（西元七三一）年，二十歲的他便開始「壯遊」，由過金（今江蘇南京）、下姑蘇（今江蘇、蘇州），渡浙江，盪漾剡溪，遠涉天姥。

二十四歲被推薦到京城長安應進士科考試，沒有考上，仍壯心不減，又到齊、趙（今山東、山西一帶）之間漫遊。

壯遊種下杜甫的開闊胸襟和雄壯氣概，開元二十八（西元七四〇）年，杜甫二十九歲，到兗州探親之後，由齊入魯，途經泰山，寫下〈望嶽〉這首詩，詩中歌詠泰山的雄偉壯麗，特立天地的氣勢，字裡行間洋溢著青年杜甫那種蓬蓬勃勃的朝氣。

十八世紀興盛於歐洲的「壯遊」，的確晚了唐朝許多年，他們相信，一場長達數月到數年的歐陸旅行，得以學習各國有關政治、文化、藝術及風俗民情等多方面的知識。

「胸懷壯志的遊歷」具備三個條件：旅遊時間「長」、行程挑戰性「高」，與人文社會互動「深」。

壯遊探尋了生活姿態，讓旅行成為一種深刻的社會觀察，進而擴大旅行者自己的人生格局吧。

奧古斯丁說：「世界是一本大書，從不旅行的人只能看見其中一頁。」

# 魔法種籽：壯遊者

曾經是叛逆、逃家、飆車並且吸毒的負向少女，而懷著記者夢而脫胎換骨，重讀大學，成為領著高薪的分析師，在人生看似一帆風順的同時，人生的另一道陰影對她逆襲，二十五歲被診斷罹患癌症，光明頓時黑暗，生命隨時消逝的當下決定築夢，此後八年，她去了七十多個國家，完成清單上的八十三個夢想。

「為夢想而活」這是她的堅持，許願直到生命終站，她叫金壽映，「人生」壯遊者。漫長的背包客式旅行裡，從印度、西安、北京，遇上的是一個個橫陣的難題，必須一個個克服，從中得到正面能量，一個有意義的循環。金壽映的故事提供處於人生低潮或逆境，把青春繪成慘綠與黑暗弄混的年輕人一盞明亮的燈，她真心告訴這些人：相信自己，即使迷路、受騙，轉個彎仍會是美麗的人生故事。

這是《你的夢想是什麼》（愛米粒出版）一書給我的一些感觸：

別把夢想硬生生塞進現實的框框裡，請給人生多一點想像。

## •這些人教我奇蹟

父親在山上種了一甲多地的年柑，收成的季節落在冬日的寒假，寒風刺骨，騎上十公里，越過溪谷，上山採橘，販售得款採購年貨。

我負責肩挑兩籠橘子，走過曲折彎道，一路折騰，一個踉蹌，常跌成只剩一籠的分量。

「沒關係、沒關係！」

失敗無所不在，父親的這句話成了美好種籽，讓我懂得享受挫折。

金棗盛產時一部分被媽媽做成蜜餞，分贈鄰居，年節時他們則到我家的雜貨店採購回報，喜捨換來奇蹟。

「蜆埤」是一座小山丘，芒草叢生，一旁是陰森森的第一公墓，棺木被隨手棄置路旁，場景恐怖，我們以最快速度跑步衝過灰樸樸的荒塚，埤塘中鱺魚悠游，牠是傳說中滋補盛品，索餌力道十足，價格昂貴，釣上幾條賣了出去，就可以多出一筆豐厚生活費用。

工欲善其事必先利其器，我花心思了解魚的習慣，比別人釣上更多條，玩伴以為是奇蹟，實際上是「做功課」。

馬來西亞的茨廠街的跳蚤市集龍蛇雜處，我結識一位元氣老者，二十年來教我參悟人生，他說三十歲之前，工作決定，肚子不飽，理想不保；三十到五十歲，生活決定，美好多一點，快樂來一些，金錢夠用就好；五十之後自己決定人生走向。

歲歲年年的確該有所不同，工作賺錢，賺錢花錢，繼續工作，千金散盡就回來，成了一種愜意人生的美好輪迴。

一輩子不長，用到只剩一塊錢的才是高人！

麻六甲古城裡的一個街頭藝人，原係大學美術系教授，四十多歲悟得人生，毅然決定離開教職，成了古城一角的飄泊畫家，錢比起以往賺少了，但快樂卻添多了，「人生一事不該由錢決定，快樂比錢重要」，這句話沉澱多年後我才懂得。

京都只有一坪大的店面，年收入三億日幣營業額。為什麼只賣兩種產品，四十年來卻讓客人每天一樣大排長龍？《一坪的奇蹟》（大田出版）的創造者認為奇蹟的理由其實只有一個：「做會的事！」

一百四十五公分高的稻垣篤子奶奶，每天只熬煮三鍋紅豆，每一鍋三點五公斤，熬火三小時，堅持出品限量的一百五十條夢幻羊羹。

為了等待令人驚奇神聖的美食，她研究再研究，反覆練習又練習，流汗流淚像在跑百米賽，終於創造出獨一無二的夢幻逸品。

她的父親替產品定調：不可以背叛客人的味蕾。

祖母則是奇蹟的引信：「一輩子只能做好一件事！」

透過閱讀、經驗、觀察得來的人生功夫全都有醍醐味，我是先行者，得取了人生寶物，有緣經由演講，電台節目與我的文字書中轉運到別人手中，化約成了他們的生活哲理。

作家的準備？

我靈光閃過兩個字：「等待」！

這是讀者的提問我的回答，前述提及的這些有如奇蹟的事，毫無例外，全都經過日月菁華的烘焙很多後來的理解，都是等來的，以前不懂的，後來才懂，很多絕活早年不會，現在都會，曾經以為江郎才盡，未料作品愈寫愈多，時間才是魔法師，「等待」催熟了一切，水道渠成原來不是成語，而是行動。

得失心愈輕的人，人生愈滿，反之，患得患失，在意名利，反而會是牽絆，很多事不該問別人，而是自己，到底做了什麼？而非得了什麼？

美好人生是自動上門的，不是拚了命去找。

寫作的同時，我從來沒有想過自己會出名，成為作家，出版社爭相邀約出版的對象，閱讀是我的「練功房」，爾雅、九歌的書，早年是我斤斤計較省下伙食費買得。

我閱讀九歌的書，現在成為九歌出版社的作家。

作家這件事，我做得最多的是：「堅持。」

艾科卡說：「每個人的一生多半都在打雜，有了它，你才能做出一些重要的事情。」

是啊，一個人如果不先從打雜開始，以後會一直打雜，年輕時打雜，終生不打雜!!

武俠小說裡關於少林寺的事，給我最深印記的不是挑戰十八銅人陣，而是挑水、打地樁，那叫「基本功」。

練好它，人生便處處是奇蹟了。

## 魔法種籽：一生的修煉

姚明時代NBA火箭隊的當家球星邁格雷迪曾在十秒連投帶罰得了十三分；被戲稱罰球最不準的霍華德，中場一拋，球應聲入網；落後一分、比賽時間剩不到一秒，籃下拿球的魔術隊 Maurice Harkless 不是自己上，而是傳給跟進的 Tobias Harris，Harris 趕在紅燈亮起之前，把球灌進。在NBA的比賽中，槍響之前，什麼都有可能，它不是奇蹟而是努力的瞬間爆發。

「奇蹟只會發生在準備好創造它的人身上！」

這是 Mercedes-Benz 說的。

事實上，沒有任何一樣奇蹟是神蹟，都是盡心費力的用心得來的，沒有籃球的基本功，不可能會有扭轉乾坤的擎天一擊，只是我們把前面的汗水忽略了。

金惟純在他的著作：《還在學：成功不是你想的那樣》（商業周刊出版）提及成功一事這麼下注解：「不是做了什麼事，而是在有所經歷之後，自己學到了什麼。」「有的功課很難，但你就是得修。每天換一個『更好的自己』。」

大意是說，學無止境，奇蹟就會發生了。

我家的屋頂上有一座開心菜園，那是我的休息天地，課忙得閒在此演一個城市農夫，春夏秋冬各有不同風情，園子裡常有鮮甜的果實可摘：小番茄、小黃瓜、茄子、辣椒、山苦瓜，是我的最愛，不是好吃，而是好種，而且可以偷偷見證奇蹟，原來甜美的果實不是憑空而降的，季節當是催熟劑，但真正的魔法是翻土、澆水、施肥、剪枝這些基本功夫了。

羅馬果真不是一天造成的！

少了這些，奇蹟便是一種奢望或者虛幻，人生的假動作了。

「If you don't fight for a future, you won't have one.」這是西方的一句俗諺，指的是如果不用心爭取未來，必無未來。

先得到什麼必先做了什麼！

這應該便是奇蹟最真實的格言吧。

—第三章—

# 彩繪夢田的美德卡

受人由衷景仰與感動的人往往不是富者與英雄，而是「美德」者！

王永慶、郭台銘、李嘉誠、馬雲、巴菲特、比爾蓋茲等等世界級富豪，給我們更多的感覺是羨慕，如何致富讓人感到興趣，想學他們的理財哲學；文天祥、岳飛、關羽、趙子龍、諸葛亮等等英雄人物，更多的是敬重，對於他們的忠肝義膽佩服得五體投地，希望有為者當如是也，但真心折服我們的，唯有美德者。

德蕾莎修女不是偉人，但她的平凡我們更不易做到，她相信世上沒有所謂豐功偉業，只有出自大無畏的愛而來的小小善行。

「多人都想追求卓越，但很少人知道卓越就是愛！愛非只掛在嘴上說說而已！將心比心，設身處地的為人著想，就是伸出愛的觸角！——有許多人都想變得比別人更卓越，但很少人知道真正的卓越是愛！愛不能只用嘴巴說，必須將心比心，設身處地的為人著想，這就是表達愛的方式。」

多動人的名言！

她覺得真正的聖人是很平凡的，不必德行圓滿，不必終日告解；只要能夠全心為他人奉獻，特別是那些窮困者，被她視為家人、視為鄰居、視為世界中的一部分。

被稱做「窮人天使」的莊朱玉女奶奶，你不可能找出什麼豐功偉蹟足以載入史冊，但她的故事就是能令人動容，豎起大拇指。

變賣家產，千金散盡，只為了助人，彷彿上天派來的仙人一般，她的自助餐一律十元，真的可以吃到飽，而十元在她看來是一種尊嚴，讓來店用餐的人不必躲躲藏藏，以為在吃一頓憐憫飯，小小的錢代表他們有付出，可以大方的吃，老人家陸續賣掉七棟家人攢下來的房子，供應廉價自助餐。

一年二年並不稀罕，朱玉奶奶的店一開就是五十年，如此善行義舉真的動人。

地方人士為了沿續奶奶的大愛，籌設「莊朱玉女慈善會」，家人盼望透過慈善會讓阿嬤的愛永遠存留人間，他們試圖在這個大部分人以功利為核心價值的今天，挹注與樹立一股正面能量的清流。

- 錢財生不帶來死不帶去，回饋反而帶來喜悅；
- 捨得不算偉大；
- 累積德善，不累積金錢；
- 錢要給需要的人才有用，這樣就很快樂；
- 幫助人就好睡。

這些普普通通的話語是素有「人間菩薩」，賣菜賣成世界百大人物，《時代》雜誌選為封面故事的陳樹菊奶奶說的，她的世界看來只有那個小小幾坪大的菜攤，四十多年來，每天凌晨二、三點起床，趕往果菜市場批貨，忙著抓菜撿菜秤斤秤兩，一直工作到晚上八點，通常是整個中央市場只剩她在營業，唯一的娛樂就是睡前聽淨空法師講道。

她用一輩子的心力還願，一菜一葉積攢千萬全數奉獻，這才是真正的平凡英雄。

食安問題帶來更多的不止是恐懼，而是省思：人心怎麼了，教育該做什麼？

給人食用的食物裡怎會添加過量的，足以讓人變身木乃伊的防腐劑？為人醫病的藥物，政府認證的大廠怎會違規使用工業鎂，還辯稱不知情？明明非食用等級的玫瑰花，怎會製成飲品，還被查驗出六種可能致癌的農藥殘餘？加上，病死雞鴨豬流竄，魚的身上全是孔雀綠，醬油、豆腐乳、菜脯、魚乾等等，經過全發酵或者乾燥是完全不必添加防腐劑，但為了賺錢的時效，改成用化學調製或者添加的，連大家愛吃的魯蛋都可以用著色劑矇混，所有你可以想到或者想不到的，不該加入食品，全添加了，這些人還敢振振有詞時，你便明白這個社會真的不缺智，但嚴重缺「德」了。

亞里士多德的名言：「真正的美德不可沒有實用的智慧，而實用的智慧也不可沒有美德。」

我愈發明瞭了，真實的美德需是智慧，可以發揚光大，但智慧裡沒有美德則亂了套，美德的好處是它不止是美德，更可能是「轉輪」，將世界往光明處轉動，我們吃農人辛苦栽種的蔬果，願意多付一點錢，他們就願意用心等待熟成之後再販售，我們就可以食到放心的食物，莎士比亞說過：「當我們虛耗時間，時間就會虛耗我們。」

同理可證，當我們不尊重生產者，生產者也不會尊重我們，明明成本需要一百元，我們只想花七十元購買，明明一千元才有利潤，二九九可以吃到飽，你便能想像商家用何食材？不誠實的鍵因而聯結，人人作假，我們反而成了受害者，如同一隻被實驗的白老鼠了。

孟子這樣論說四端：「惻隱之心，仁之端也；羞惡之心，義之端也；辭讓之心，禮之端也；是非之心，智之端也。」

就以此四端為鑑，讓美德從心而起，因為這個社會需要很多的善人，根本不必太多的智者。

## •一塊錢的美德

提到房山縣周口店，聯想的當是「北京人」。一九一八年瑞典地質學家安特生山頂部挖掘出第一塊具有六十萬年歷史的人類頭蓋骨化石，一九二九年，古人類學家斐文中發掘出第一顆完整的「北京猿人」頭蓋骨化石，至今已發現二十七個遺跡地點，對於人類學、生物學及歷史非常具有學術價值。

考古學家們陸續還發現多個人類遺骨、石器、骨器及用火遺跡，聯合國世界遺產列入「世界文化遺產名錄」之一。

歷史課本裡的神祕地點，順道怎可不去拜訪，只是順非順，繞個道竟是如此遙遠，馬上、立刻，原來是一條長長沒有盡頭的遠路，必須停下來休息好幾回，並且登山一座小山，巧遇的不止北京人，還有這一篇文章的主角：柿餅婆婆。

八十歲了，本該是含飴弄孫的年紀，婆婆仍在為一頓飯奔波，臉上被歲月刻烙的風霜，皺紋藏都藏不住。

「她一路跟蹤我們！」

朋友是這麼形容的，他可能還活在密探年代，把婆婆當成了特務，我們走她走，我們停她也停，一直保持一定的距離。

手上提著兩個小包包最可疑，沉甸甸的，是竊聽器或者爆破物？我的朋友可能福爾摩斯看多了，什麼事都偵探上身。

婆婆終於上氣接不了下氣跟上了，氣喘吁吁帶著濃濃鄉音氣若游絲說著：「你們走太快了。」

婆婆還真的搞跟蹤，最後漏餡：「她想幹嘛？」

八十歲的特務，我可沒見過咧。

婆婆未必健步如飛，但長年在深山腳力猶健，由她來扮演特務也許真可掩人耳目，可是看北京人遺址，順道走訪名山勝景，有何好盤查的？

婆婆伸手進了背包：「幹嘛？」

掏槍？

謎底終於揭曉，它是當地名產：胡椒粉與柿子餅，根本不是竊聽器與手槍，當下啼笑皆非。

「買一串嗎？年輕人！」

婆婆煞費周章，氣喘如牛跟蹤我們，不說一句，繞了半個山頭，走了一小時，就為了推銷她手上的兩串農特產品，為什麼不早說，喊一聲不就得了。

跟蹤？

原來是趕不上我們，開口喊一聲就好了？哎哎，她的音量有如蚊子，氣若游絲，一路上坡一口氣都上不來哪有力喊我們，還好她有腳力，否則跟不上我們，就別銷貨了，婆婆這把年紀算是勁力電池了，跟蹤是每日的差事，追上了就賣，追不上就算了。

堅毅、有恆、不懈、執著……這種成功者的特質，竟在婆婆的臉上被我發現。

「買一串嗎？」

婆婆見我們沒有答腔，再問一遍。

「多少錢？」

「一元！」

幾個柿餅、一小串花椒就值一元，想來傷感，我被婆婆弄糊塗了，突兀告知自己從台灣來的，帶不走它。

婆婆大笑：「那成，你就買來送給你的北京朋友喲。」

這想法的確不錯，用心意買，朋友得了快意，皆大歡喜。

「說得極好，就他買，送給我，對不對？」

朋友指指我，說我特有錢，一串算什麼，十串沒有問題，婆婆聽得歡喜，咧嘴狂笑，樣子好萌。

「那就十串！」

婆婆有點遲疑：「這樣就賣不了更多人了。」

最後婆婆同意我的請求：「好吧！」

這是什麼意思，莫非她想把十串賣十個人，而非一次賣光回家，如果如是，那

真好玩，背後很有意義。

婆婆的確這麼想，她說她賣的是好東西，十個人來買就有十個人可以享受美味，一個人買，就只有一個人享受了。

這是啥邏輯，不懂？但婆婆依舊做成了生意，開心的收好包袱，擦擦汗，乘乘涼，與我們聊起天來了。

「一個月可以賣幾串？」

婆婆答得乾脆：「少則七、八串，多時有三、五十串。以前跟得上賣得多，現在跟不上年輕人了，就賣少了，但也沒有關係，賣多就吃好一點，賣少就吃差一點，反正在山裡也不必花什麼錢。」

七、八串頂多七、八元，三、五十串只有三、五十元，怎麼過活？

「我買三串！」

司機大哥感動之餘，掏出錢來，想再買三串，婆婆雙手一攤：「賣完了，可以回家。」那樣子有如五歲娃兒。

終於與婆婆分道揚鑣，她回溫馨小窩，我們去找「北京人」。

「十元可以使八十歲的婆婆高興八十天！」

這畫面溢滿了腦，飾著薰衣草的香味，想來就挺好的。

原來幾個一塊錢是有魔法的，它還藏著幸福!!

## 魔法種籽：價值者

生命的價值不在於時間的長短，而在於你如何利用它——這是蒙田的格言之一。

他是法國文藝復興後最重要的人文主義作家，博學多才，從一五七二年到一五九二年，整整用了二十年，寫成了三卷共一〇七章，真誠地記錄下了自己對歷史、對人生、對生活層層面面的思考，內容無所不談的《隨筆集》（譯林出版），這些年來一直放在我的書房距離最近，伸手可及的地方，得以隨時取來閱覽一番。

他的筆調自由流暢，風格旁徵博引，暢敘：矛盾、野心、勇氣、良心、痛苦和死亡，見解非常獨到。

談到學問，蒙田認為道理如同麥穗：

空心時，反而茁壯挺立，昂首睨視；臻於成熟，飽含鼓脹的麥粒時，則是謙遜地低垂著頭，不露鋒芒。

我們花了長久時間積累的學問，不該只是用來求財，積貪，在名利中打轉，而是該把它用來「濟世」。

財富本有分享與擁有兩種，得天下之物而聚攏之，頂多一個人開心，但分享會讓很多人幸福，兩者大不同。

聰蠢智愚這件事本來就是天生的，加上後天環境，便差異極大，有些人努力可以到相對報酬，但有些即使努力也得不到相對報償，能力者的價值便在於協助這些人，得以過得更有尊嚴。

當你有一天真的有能力，而且可以得到財富時，莫忘助人，這樣的錢就不止是錢，更是魔法。

## ・森林的覺知者

人類常常高估自己的位階，以為無所不能，實際上卻很無能，造出的是一粒搬不動的石頭，生態的失控，應該接近這種情況了。

桃園原來是千湖之縣，但貪婪、無知與短視，建商變身造物者，填湖造屋成了一棟棟豪宅之後，地景全變了貌，碧波盪漾消失，人從舒暢成了鬱悶。

千瘡百孔的山林也是如是的美麗與哀愁！

脆弱的山體全是人為的，只是颱風強雨狂襲一夜，柔腸寸斷，樹木便會被連根拔起，土石流處處；事出必有因，河流的混濁除了天災之外，必是人禍，烏來老街在颱風過後的災情，源自北勢溪森林的樹木被大量砍伐，颱風順勢把泥沙帶了出來罷了。

颱風後的溯溪便憑添了風險，有一回，也是風災過後不久，陪兒子溯溪，歸程便遇上步步驚心，野徑彷彿年久失修的古道，山路崩塌，木橋斷層，斜角六十度，眼前的景象令人吃驚，最深處有十多米落差，稍一失足，可不得了咧。

「怕不怕？」

我強裝鎮定。

「有什麼好怕的！」

兒子比我更假，志願當前鋒，保護我的安危，可是處處破碎，大窟窿擋道，深不見底，兩端之間只有一粒三十公分見方的突出石塊，必須冒險跳上瞬間攀附樹根，方可脫險，光想便冒了一身冷汗。

兒子很堅持，要我別跟丟了，煞有其事示範動作，要求我跟著做一次。

他的運動細胞不錯，動作乾淨俐落，一個跨度，有如凌空飛渡點了一下石頭便縱身越了過去，我毫不遲疑的跟著做，只是沒幾步又添了一處斷崖，我倒抽一口氣，怯步，後退，兒子說：「不險的。」事實上，無論險不險也無路可退了，根本不可能折返溪谷，我們硬著頭皮，依著樹根，緩緩找著立足點，再慢吞吞移向對邊。

一個踉蹌，失去重心，抓穩的樹根被我硬生生扯了出來，半個身體在騰空擺盪，任憑我怎麼使力也搆不著對岸，使勁全身勁兒抓牢，真怕乏力鬆脫直落深谷，兒子這下急了，找著一截竹子，惜差半寸，好幾回都徒勞無功，正當我快氣力放盡時，兒子奮力讓身體向前延展，一手抓緊大樹，另一隻手讓我借力盪了過去，我順勢攀住另一樹根，化險為夷，逃過一劫。

「小心，小心。」

兒子顯然嚇著了，強作鎮定囑我不要太逞強。

陷阱處處的回家路，幸運的都逢凶化吉。

「到了！」

柳暗花明彷彿一道得救的光，脫險瞬間，才發現雙腿早已不爭氣的癱軟，兒子也是，英雄立馬成了狗熊：「怕死了，恐怖得不得了。」

「無論如何，我還是救了爸爸一命。」

人是地球上唯一的破壞者！

這理論應該不假，山林裡的樹木在日據時代被大量合法盜伐到了日本蓋神社，

森林開發處接手開發，商人與山老鼠當幫凶，大地正待復甦的時候，怪手再度光臨，年復一年之後，洪流成了常態，水患愈來愈失控，土石流經年累月報到，商人得利，全民埋單。從山頂開膛剖腹似的將山刨出數公頃的黃土，官員把它掩飾成自然崩塌，是嗎？他們或許認定我們仍是愚民吧。

樹不止樹，砍下它只消一個動作，但也一併砍斷了供氧的輪迴、蓄水的功能、空氣的調節，與煙塵的吸附，以至於最後成就了可怕的毀村滅城。

天崩地裂早不是預言，而是事實了！

我們需要更多的《種樹的男人》（晨星出版）了。

它是法國作家尚・紀沃諾的著名小說，講述普羅旺斯的一位孤獨牧羊人，將內心深處對家人的思念，轉化成對大自然的關懷與大愛，將餘生投入造林的工作。

他以雙手和無比的毅力，每日種下一百粒橡實，持續了三十四年，讓原本乾旱破敗的荒蕪之地，重新散發出健康的光芒，成為可以讓人們安居樂業的園地。然而牧羊人始終保持沉默，不求名利和回報，在事成之後悄然離開人世。牧羊人愛樹、種樹以及奉獻無私的精神，創造了新生機，豐腴了人類與大自然互動的生命力。

相對眾生喧譁的貪婪社會，牧羊人更像「辟支佛」，是森林的覺知者。

賴桑的《千年之約》（遠見出版）讓我們看見另一位無悔的樹人，三十歲開始，不顧家人反對買地種樹，散盡家財近二十餘億，在大雪山購地一百三十餘公頃，將原先是垃圾山、梨園、梅園、檸檬園、橘子園、柿子園及荒廢許久的香蕉林等整頓成種有台灣肖楠、台灣櫸木、台灣紅檜、五葉松、雪松、九芎、牛樟樹、櫻花等上百種，三十多萬棵珍貴的森林！如此一來，森林裡豐富的生態跟著回來了，保育類昆蟲報到，連大冠鷲、山豬等食物鏈頂端獵食者也一一現身。

種樹有「三不政策」：不砍伐、不買賣、不留給賴家後代子孫。

賴桑的森林樂園裡的樹木快意的進行光合作用，將水蒸氣排放到空氣中，形成雲霧，而水蒸氣累積到一定密度，開始降雨、萬物生生不息。

史邁爾斯說：「最偉大的人不是輕視日常小事的人，而是在意加以改進。」

人類對土地犯過非常嚴重的錯誤，希望你是下一個有能力改變的人！

## 魔法種籽：守護者

住在北極的母子熊，又要搬家了！

小熊問媽媽：「這一次可以住多久？」

「一年半載吧！」

時間飛逝，很快的過了一年多，牠們住的小島的冰融得只剩小小的立錐之地，非再搬家不可。

「這次會住多久？」

「最多半年吧！」

母熊的口氣開始有些擔心了。

冰層更快融化，半年很快又到了，非搬家不可了，沒等小熊提問，母熊自顧自的喃喃自語起來，語氣充滿無助：「這次恐怕只能住一下下了！」

這是一本童書繪本的內容，我看了很有感觸的想及尚—克里斯多夫·維耶的《當蜜蜂消失的那一天》（天培文化）與尼可的《我買了一座森林》（序曲文化出版）。

如果有一天，蜜蜂真的消失，人便只剩四個月可活了？

森林不見了，人也活不了半年？

人類的無知由此可知，我們是毀滅者，但也等著被毀滅！

生態專家憂心，地球用近五十億年的時間演化出一個人類可以生存的環境，人類這個敗家子只花了數百年的時間就把它毀壞殆盡，而且持續的拿著刀斧砍傷。

地球的一草一木都有其價值，必須與之相生，人把它變成相剋，最後一併帶來災難的反撲。

少了「多元價值」的美德，人最終會是唯一的受害者。

## •捨才是得

朋友邀約拜訪吳三桂，我一口答應，付款成行。

雲南的溫度終年都在十七、八度，氣候涼爽宜人，盛夏出發，落地依舊有些冷意，必須套上薄外套，大理古城是第一站，西元七七九年南詔王遷都於此，一千三百年前曾是王都，城市呈棋盤式布局，我走訪東邊碧波盪漾的洱海，往西倚在青翠的是蒼山，躺在樹蔭下想起來的則是金庸筆下的段譽。

下一站，大研古鎮，這座老城也有八百多年的歷史，由當年的木氏統治者興建，被聯合國列為世界文化遺產，走進城市彷彿時光錯覺的隧道，進去是古代，出來是現代，滿街全是幾百年歷史的文物，在山岸邊坐著，享受片刻古城應有的寧靜。

古城潺潺不止的水來自玉龍雪山融化的雪水，那是納西族的神山，十八座海拔五千公尺以上的山峰並排聳立在金沙江東畔的四百四十多平方公里的面積內，俗稱

「玉龍十八峰」，氣勢磅薄，秀麗挺拔，造型玲瓏，皎潔晶瑩，終年銀裝素裹，山腰白雲繚繞，陽光之下晃然如玉，遠遠望之猶如一條銀白色的巨龍。

「三春煙籠」、「六月雲帶」、「曉前曙色」、「螟後夕陽」、「晴霞五色」、「夜月雙輝」、「綠雪奇峰」、「銀燈炫焰」、「玉湖倒影」、「龍甲生雲」、「金沙劈流」、「白泉玉液」，十二地景隨著節令及氣候變化，交替幻化，呈現出多姿多彩的畫面，不同的角度，不同節令、不同時辰，玉龍雪山都能現出不同的千姿百態。

雪山上望穿的是一望無際雲南之美，但上山有兩種方法，多數人選擇乘坐登山纜車，緩緩而上，沿途眺望美麗山景，我則決定採用原始坐騾子登頂的方式，沿著斜度約莫三四十度角，依著斷崖曲折而上，這是一條很有風險的山路，一人一騾，慢慢上行，斷崖下是深不可測的河谷，偷瞄凝視，心怦怦然起來，跳得厲害。

「怕不怕？」

我小聲笑問牽騾者。

「怕呀！」

他倒老實，答得乾脆，彷彿點出這就是生活，怕管用嗎？

人生路難行，但非行不可！

這是真實人生，虧他可以答得如此雲淡風清，至少認真看待自己的工作，否則這麼危險的地方，我哪敢把生命交給他呀。

山勢愈來愈陡峭，青綠深處盡是濃霧，一波接一波湧向斷崖深處，翻騰之後漫溢出來，雲聚成海，傳說中的雲海都是這麼形塑的，前方的能見度愈來愈低，大約只剩十公尺視野，一路忐忑難安。

牽騾者背著孩子顯得更加吃力，氣喘如牛。

「他少了一隻手」，這是我先前未留意到，一個轉身不小心看見的，單手牽騾上山，這下我反而更怕了。

「要不要休息？」

更真實的想法是：我的驚嚇指數破表，停一下，喝口水，安安魂魄再走吧，話匣子因而打開，他原是一位莊稼者，照顧幾畝田產，但車禍失去左臂，右腳也受了重創，灰心喪氣，粗活幹不了，便交給弟弟，一度淪為乞討者，在風景區向人伸手要錢，嘗盡白眼與世間冷暖，「來拿」是最刺傷他的話，雪山風景區溫暖，教他牽騾本事，他苦練很久上路，而今已逾十年了。

「原來在他冷淡的外表下有段淒涼的故事！」

他堅稱自己是幸福者，有人幫忙，可以獨立賺錢，同村裡有些失業者，成了買醉者，後來弟弟把一部分的農作交給這些人來做，收租金，輕鬆多了，這些人也因而得以過活。

客人給的小費，他把它放在家中的一個鐵盒裡，過一段時日便把它取出來分給村子裡的人，他的想法接近以色列齊布茲的共同社，算是一種合作社的觀念，有福同享。

「天生的幸與不幸不是人可以決定的，但我們可以轉動它！」

他非常認真的一字一句講出，表情嚴肅，彷彿布道，他的想法非常接近列夫．

托爾斯泰：「幸運的不是始終去做你所希望做的事，而是始終希望達到你所做的事情的目的。」

牽騾維生始終不是他最希望做的事，但做就把它做好，得了錢還可以分享別人，便是福氣。

他的得，費了很大的力量才擁有一分一毫，但捨卻如此輕安自在，動人的哲思我學起來典藏在心！

莫非他熟記作家靳凡的講法：「在人的情感史中，最不需要理由的，就是愛。」

# 魔法種籽：付出者

《公東的教堂》（本事出版）這本作品在我的書桌上躺了一段時間了，每天數頁以至數十頁的閱讀，常闔上眼沉思許久，想著這些素昧平生的瑞士人，隻身來到台東，異鄉成了故鄉寫出一頁教育傳奇。

創辦者錫神父引進瑞士引以為傲的「師徒制」教育，把公東變身成木工的專業學校，成了台灣木作師父的搖籃。

癌末的錫神父惦記不是自己羸弱的身子：「不要問我能活多久，那是浪費時間的事……未來我們無法把握，現在就是寶藏。」

為了學校的師生，本已返回瑞士治療的他，不顧親友反對偷偷登機，急如星火飛回台東，只因他知來日不多，想多做一些事，最後長眠在這塊一生熱愛的異鄉土地。

來自天邊的異鄉人，是何原因讓他愛得這麼濃烈，無悔的在台東耕稼出一片天堂？我還在想……一粒麥子如果不入地，就只是一粒麥子，入了地，便可能成為黃穗搖曳的麥田了！

這是錫神父的哲思。

## ・崖上的行者

「藝文走廊」不是藝術館的一角，它在我家，我巧思的在走廊上搭上一層書架，一些暫時不會再讀的書，擺放典藏，下方挖了凹槽置入有勾子，掛上一幅幅美麗動人的畫作，夜裡投影，藝術畢現。

朋友誤以為名畫，是用高價買來的投資品，事實上都是廉價貨，只因我與作者閃過電光石火的因緣，藏了故事罷了。

我喜歡一個人的旅行，流浪的滋味，四處飄泊。有幅山水畫便是機緣巧合，在大理古城購得的。

雨在午後替大地淨身，空氣格外清新，葉上的灰塵一抹而淨，露出光華的綠，空氣中瀰漫著淡淡的清香，直入腦門的氧氣，清晨起來，眼耳鼻舌身清爽化開，花叢中溢流出一股迷人的花的清香。

微亮的晨我便一身輕裝，推開旅店房門，循著雪水開路的溪渠，開鑿而成的環河步道而行，水流由高而低，直闖奔濺，遠遠觀之，猶如躍動主符，煞是美麗，我毫無目的，從內城走向外城，喧囂化約寧靜，一間典雅畫室隱祕其中，主人「P師」。

他的眼睛特小，笑起來瞇成一條線，清臞的面龐，紋路很深，比實際年齡老上一些歲數，講話的聲音特柔，但很迷人。

他的畫很有特色，自成一格，都是農村裡的身旁人物，荷鋤的老農，盛開的曇花，鳴唱的青蛙，低語的鳥兒，山頭一間香煙裊裊，僧人梵唱的廟宇，端坐的則是低眉的菩薩，開數很小但張張夠味。

他說自己是「畫的零時工」，這稱謂滿有意思的，我慢慢理出頭緒，他是山上小學的老師，假期下山作畫販售，還在遠離市集店租少了幾成的荒郊野地開店，還好報紙專訪，電視介紹，口耳相傳有了口碑，有心人總是能聞聲辨位找門來，他本以為我是這樣來訪的，事實上是誤打誤撞。

這些美的財物，到了山上會成為孩子們的學費、伙食費，看來生意不差，單單我們閒話時已成交了三幅畫作。

我們相遇在假期的尾聲，P師與我一大早醒來非是開店，而是收拾行囊，準備帶著這一、兩個月辛苦的成果上山了。

我們相談甚歡，他因而盛情邀我一起上山作客，度幾天假，我呆愣，想著可能被他打亂的行程，他看出我的難處，直說沒有關係，還可以考慮一晚，隔天給他回覆即可。

一個人，一個大夢，一所仙境小學，一群謎樣的學生，真的很吸引人，我終於動了心，陪他返鄉。

在他說來平凡無奇的山徑野路比想像中的困難重重，碎石崎嶇，高低起伏極大，跋涉彷彿千里，體力透支接近極限時：「到了。」

彷彿絲竹清音的妙語，解脫般似的，起了咖啡因作用，精神便抖擻起來，桃花源近了，可是越過山丘，看見的是竟是清綠幽渺的湖，似近猶遠，划船來接的是他太太，P師笑嘻嘻的說，越過湖就是村落了。

太太也是老師，姓李。我們上了船，李老師自稱划船高手，駕了一手好舢舨，可以快速穿行於兩岸之間，這是練就而來的，她負責把湖對岸的孩子接了過來，再由P送上崖上小學。

P說這是一所崖上小學，不是湖邊小學，莫非上了賊窟，這是綁架？過了湖才發現湖邊有山，山邊有崖，崖上是學校，而且沒有現成的路，仰頭凝望，盡頭處雲深不知，宛如天梯的陡坡，斜角六十度，二十米高，大約七層樓，如何護持著稚齡孩子上上下下，真令人擔憂。

終於到達了，天地突然闊了起來，雲壓得很低，彷彿是海，升起的霧，把山化成逍遙仙境。

P是老師，也是保母，失蹤人口的協尋者，所謂的失蹤者指的是那些沒有錢上學的孩子。

「老師，爸爸說今年收成不好，沒錢上學了。」

「沒錢也要上學！」

我們聊天的同時，一個小孩黏在他身上撒嬌，他摸摸孩子的頭：「欠著吧，等有錢再還。」

上學對這些孩子來說，錢並非最大的難處，而是距離，但他爬過懸崖高地，臨淵深谷，拜訪懇求家長，一個個送來上學，那份心著實動人啊。

孩子積欠的錢，通常從他薪資扣除，不夠，再往李老師的薪資裡扣抵，兩夫妻常常因而阮囊羞澀。

李老師的功德不亞於丈夫，她是一位樸實的中年人，滿臉風霜，皮膚黝黑，心中有愛，山中任教時認識的，理念相同，觀念一致，愛心無分軒輊，順理成章結成連理，一起守護山林裡的小孩。

老P下山賣畫，李老師就在山中守著學校，種些五穀雜糧販售謀生，配合得天衣無縫。

學校幾度差點被廢，他們極力爭取，聲嘶力竭救了回來，被迫簽下一紙保證書，允諾會在這間學校教書，直到終老，他們為了讓這些窮困的農人放心讓孩子讀

書，盡可能減輕他們負擔，付得出來的錢夫妻全包了，至於付不出來的，只好自行籌措，包括下山賣畫，結識士紳……他們彷彿愛的推銷員。

夜裡露涼，我們升起篝火，把地瓜放進火堆之中，鐵架上擺好了醃漬的肉，我們邊烤邊聊。

在這之前，雨剛大方落過，滿地泥濘，學校是茅草蓋的，雨珠緩緩滑下，窗戶破損，即使盛夏，晚上的風依舊陰涼，遇上冷冽的冬，颼颼寒氣刺骨的滑了進來，全身必定打起哆嗦，桌椅很舊，坐起來發出咿咿呀呀的怪聲音，可是一點都影響不了上課的熱情。

我仰起頭，凝望閃爍的星海，拉長耳朵聽他們談著一個又一個的蟄伏於心的夢。

我很好奇他們的起心動念，「種夢」吧，知識撒了下去，如同種籽入地，只能耐心等待萌芽，他們毫無疑義的堅信知識裡有力量，而這力量是無窮的，他們很自豪的說，第一批上大學的孩子，馬上就會回來接他們的衣缽了，延續知識的香火。

我清楚記得，那一年，我二十四歲，懵懂無知，他四十二歲，彷彿開釋的智者。我去自助旅行，他在山中教書，人生交錯，他替我提早上了一堂人生課，種下一粒善種籽。

幾天後，我告辭離開崖上小學，我明白該做什麼了。行前，我偷偷在枕上留下身上僅剩的一百元美金，這趟旅程，因為這筆錢的捐出，被迫結束了，我卻滿心歡喜。

這些年來，我們斷斷續續還有聯絡，知道他們很好，學校很好，孩子更好，善的力量已經匯聚，他還說我留下來的一百美金是活水源頭，引來八方的愛，彷彿種樹植林的行者。

## 魔法種籽：喜捨者

北大給我最大的印記不是蔡元培，而是載運知識傳承學問的「北大講堂」，名師雲集，喻為佳話，很多北大的畢業生記憶最深竟也是這個講堂帶給他們的人生厚禮。

我最喜歡鼓勵學校仿製這個概念，成立講堂，給孩子最重要的人生課，景美女中依我的想法把每年給畢業生的一堂課變身成「景美講堂」。

只是辦講座需要資金，學校微薄待遇，但有誠意還是可以請到名師，北大當年的費用則是企業捐助，募捐來的。

台中的惠中寺首次嘗試主辦名人講座，點名要我，欣喜答應，而且要求一定的價格，那是我的堅持，付出專業必須獲得合理的代價，但我有密謀，進貨一批書當日販售，五百多本讓我簽名差點簽到手脫臼，得出利潤二萬六千元，我加碼四千元，合計三萬元，回捐惠中寺。

我盼的是，這樣的人文講座歲歲年年都舉辦，成為有味的「名人講堂」，我想到用這種方式籌備我的下一場講座，如果人人如是，基金便有著落了。

這是個美好的「人文轉輪」，常轉，一直轉，讓明年，再明年，一直有場風味別具的知性講座開示紅塵眾生。

「意義」這兩個字，我愈來愈清楚它的味道了，文字與錢一樣，都只是「載具」，如果無法引領我們通往美好，就會通往痛苦。

《慈悲：達賴喇嘛的人生智慧》（時報文化）這本書的作者達賴喇嘛透過迷人的軼事以及諸多經驗的分享，告訴我們：

希望別人快樂，必須慈悲；希望自己快樂，保持慈悲。

嗯，這麼有味的真理，我得好好反芻一番。

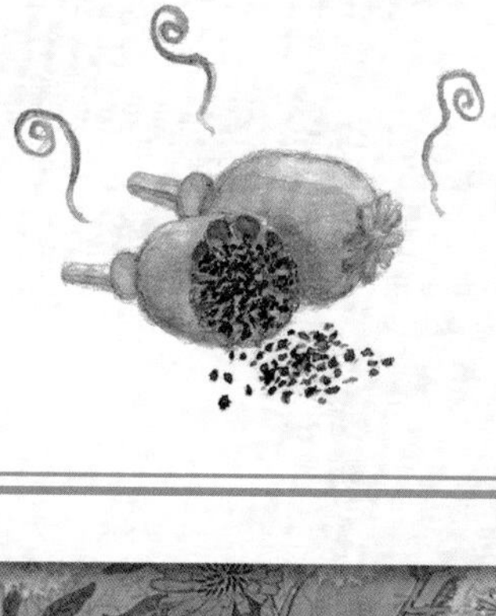

## •便當天使

花校長退休之後度過一段很不適應的人生低谷，直到有一天發現了新的意義，才綻放出光芒。

一早起身，穿好衣服，不由自主走往學校，與小朋友打招呼，退而不休，孩子仍習慣喊他校長，這下好玩了，兩個校長，一左一右，怎麼看都是怪怪的，對新校長不好意思，有點像干政，慢慢就愈來愈少去學校了。

可是忙慣的花校長，要他空閒下來可就慌了，缺乏鬥志，天天悶著，提不起幹勁，滿臉愁容，動不動就生氣，全家陷在低氣壓之中。

兒媳孝順，想出妙法，天天準備一份簽呈，煞有介事的上奏等候批示。

「爸爸，今天的菜單，你看行嗎？」

兒子上班出門前會把擬妥的菜單呈上，粉紅透白加上上藍邊的便條紙上清楚分明的寫著：「絞肉一斤，醬油一瓶，菜三把，鹽一包……」左下角留下一行空白等候批示，花校長雖然覺得可笑，卻很慎重其事簽字：「如擬」、「照辦」、「准」，嘴角不經意的，偷偷閃過一抹淺笑。

「今晚部門開會，請假到八點。」

兒子特別花心思到文具店買來花格細紋襯底的便條紙，字跡工整寫下請假事由，置於早餐旁，花校長戴上老花眼鏡，用那支專用的粗體渾重的黑墨筆，慎重其事的寫下：「可。」

凡事必奏，大約做得太過火了，花校長厭煩起來，有一天竟勃然大怒：「你們真把我當病人呀，我只是一時半刻不習慣當家長的滋味而已。」

花校長不是病人，但是退休以後，很像怪人，成天陰陽怪氣，家人懼他三分，退休症候群明顯。

兒女出於孝心，梅花肉一斤，魚三條，蘿蔔一粒，芹菜一把，菠菜三束，雞腿兩隻……依舊擬好摺子，等待簽批，校長覺得被愚弄了，往桌上重重一拍，將紙條撕得粉碎，起身走人。

那一天，正巧寒流來襲，白髮如雪的花校長，失魂落魄的他漫無目的走在街頭，頭壓得低低的，嘴巴碎碎叨念：

「把我當什麼人啊？精神病？還是老年痴呆，簽呈，批批批，批個鬼啦，難道我已不中用了……」

「吃飽等死」的念頭突兀閃過，心情更加惡劣，料峭的冷風，吹得他愁上加愁。

我與花校長的認識就在這一天。

河濱的春天公園，樹蔭遮天的榕樹下，我單車閒遊，他孤獨前行，一起在樹下避陽，看一群老人對奕而交會。

我有時會坐下來陪象棋老人下幾盤棋，我的棋藝不算差，這些老人家更是不弱，棋逢對手，不亦快哉。

我記得花校長當時的樣貌，表情嚴肅，手靠在背後，沒勁的繞著公園走，直到發現八角涼亭裡笑聲震天的對弈老人，停下腳步，遠遠觀戰，看起來就是校長，最後終於靠了過來就在我身旁坐下，聚精會神看著棋盤上的車去馬回，將軍抽炮，看來應該也是此道中人，練家子的，遇上難分軒輊的戰役，還會眼睛緊盯，手不停揉搓。

白髮長袍老人，下錯一著棋，戰況急轉直下，拐腳馬斜切，將軍抽俥，可惜露出破綻，反被將了一軍，灰髮的風衣老者順勢移動埋伏的俥，直線加速，鐵騎踏踩。

花校長一時心急，伸出手來，喊出「且慢」，說時遲那時快，另一隻手快如閃電拍下，清脆的音律嚇眾人一跳，他本能把手抽了回來，抬頭凝望，那個人叫小白，淺笑細語：「觀棋不語真君子，心動不要行動。」

花校長歉然，回以淡然一笑，他的確太入戲了，忘了自己是棋外人，不是棋中人。

從此之後，花校長天天來報到，帶上便當，坐上一整天，直到棋終人散，混熟技癢了，開始下海在楚河漢界之間了，他是個健談的人，慢慢從中了解，退休後失去生活重心，苦惱一段日子的心路歷程。

那一天，我們相約麵攤小酌，點一碗魯肉飯、二碟小菜、一盤豬肝連、一盤燙青菜，多半他說我聽。

「老人沒吃午餐？」

我搖搖頭，表示一無所悉，花校長想查個水落石出，列出名單，仔細推敲，選擇小白跟蹤，這個人常常在背包裡塞了兩粒白饅頭、一瓶礦泉水，在春天公園裡待上一整天，住哪裡，不清楚？有無家人，不明白？至於有沒有飯吃，那就更不知道了。

將軍！

死棋中畫下句點，小白總是第一個起身快速前行，連招呼也不打，我們倆一躍而起，一前一後，小心翼翼跟著身子老邁，背脊微微佝僂的小白，緩緩前行，我們猜出了方向，目標應該就是位於行水區的溪流部落了，房子是用茅草隨意搭建而成的，保證違建，我們隱身樹叢，從外往裡透視，看不見任何家當，小白背對著我們，從包包裡取出下午吃剩下的饅頭，當成晚餐。

花校長的「天使計畫」就在這一天展開，原來這些白天在一起乒來將擋的棋友，竟是笑中藏苦的。

一直陰沉的花校長，從此一掃憂鬱，自己擁有安全的家，孝順的子女，優渥的退休金，比起靠下棋止餓的老人家，不知幸福多少倍，居然不滿足，經常生悶氣，他的錢多到可以花上五十年，同齡的老人有一餐沒一頓的。

花校長邀我一起做一件善事，充當「便當天使」，他出八成資金，我付剩下的兩成：「這是提供你當好人的機會，莫錯過。」想想這些錢還付得起，也就答應了。

棋友十人，加上我與花校長正好一打，我們預付一個月便當錢，商請一家熟悉的便當店製作菜肉齊全的色香味便當，十二點前送到涼亭，老闆被我們的心意感動，大方另贈一鍋飯，老人名正言順的把吃不完的飯，裝回當晚餐，可謂用心良苦。

「誰送的？」

老人家七嘴八舌，一致認定是「天使」，天上掉下來的禮物，我與花校長裝蒜，卻暗自竊喜，老人們很久未享受過如此美食，不顧形象的狼吞虎嚥。

天使？

花校長樂得很，原來一天幾百塊錢就可化身天使，讓老人家開心得不得了，真是有意思。

契約結束，老闆送完最後一趟，走到花校長面前，問他是否續訂？公園中下棋的老人家耳尖，全聽見了，驚覺天使原來是花校長！

那一夜，他輾轉難眠，在續不續訂中打轉，終於最出決定，兒女皆長，不必再付出，退休金不少，用也用不完，如果錢可以用在有意義的事情，才是它最美的用途吧，錢不止是錢，它是寶藏。

而今的花校長不是校長了，而是花天使。

小小的身影，反而顯得巨大。

他曾是小朋友的守護神，換個角色，成了公園老人們的天使，人生因而有了第二春。

天光未全透亮，他翻身起床，撥了電話，允諾老闆無限期續訂「天使便當」。

## 魔法種籽：大願者

一九七一年十月十八日，孟加拉正歷經近代史上最驚心恐怖的獨立戰爭。她們好不容易掙脫將近兩世紀的英殖民統治，與印度分開後，隨即又成為隸屬巴基斯坦的東巴基斯坦，長期飽受不公平的經濟、政治和語言等各方制裁與欺壓下，孟加拉與巴基斯坦積怨日深，獨立運動一觸即發。

一九七一年三月，雙方談判破裂，孟加拉全民罷工，巴基斯坦派兵鎮壓，大肆屠殺無辜百姓，一場犧牲至少三百萬人民的獨立戰事爆發。

當時，二十九歲的查富拉醫師剛結束在英國的醫學研究所的外科訓練課程，一聽故鄉獨立戰役已箭在弦上，便迫不及待與幾位醫學院的同鄉整裝回國。

為照料無數身受重傷的獨立戰士與難民，在倫敦成立「孟加拉醫療協會」返鄉加入戰地救援。

查富拉與其他四位年輕醫生就地取材，用竹子做成桌子、椅子、病床甚至手術台，再以乾草鋪成床墊，這便是「人民醫院」的源起。

二十二位全職醫生與志工，一直住在醫院旁臨時搭建的帳篷內，三十五年來，拮据而艱難的在醫療的荒漠上，以他們的專業與智慧、理想與熱情，為孟加拉寫下精彩動人的後戰爭時代醫療紀事。

以他的學醫專業，若不離開英國，當可因而賺很多財富，開過富足人生，不必如後來一樣風塵僕僕，露宿餐風度日，什麼原因讓他放下紅塵俗念，成了助人者，我的猜想是愛與善，那是一切的美德之始。

九歌文庫 1209

# 給年輕的你
## ——三張必要的人生卡

著者　游乾桂
繪者　Yumi You
責任編輯　鍾欣純
創辦人　蔡文甫
發行人　蔡澤玉
出版發行　九歌出版社有限公司
臺北市105八德路3段12巷57弄40號
電話／02-25776564・傳真／02-25789205
郵政劃撥／0112295-1
九歌文學網　www.chiuko.com.tw
印刷　晨捷印製股份有限公司
法律顧問　龍躍天律師・蕭雄淋律師・董安丹律師
初版　2016（民國105）年1月
定價　300元

書號　F1209
ISBN　978-986-450-035-2
（缺頁、破損或裝訂錯誤，請寄回本公司更換）

國家圖書館出版品預行編目(CIP)資料

給年輕的你：三張必要的人生卡 / 游乾
桂著；Yumi You 圖. -- 初版. -- 臺北市
: 九歌, 民105.01
面； 公分. -- (九歌文庫 ; 1209)
ISBN 978-986-450-035-2(平裝)

855 104026397